잘될 사람,
잘 키울 사람

잘될 사람,
잘 기울 사람

지대표 에세이

**잘될 당신이 선택한
가장 빠른 해답**

7평 사무실에서 시작하여
7개 회사를 설립한
저자가 전하는
잘되는 사람의 비밀

럭키
북스

잘될 사람이란 어떤 사람인가. 잘될 사람은 스스로에게 말을 거는 사람이다. 자신이 지금 어디에 있는지 어디로 가고 싶은지 스스로에게 질문하는 사람이다. 자신의 내면에 어떤 바람과 꿈이 있는지 알고자 하는 사람이다. 또한 동료에게 도움을 청하고 동료로부터 배우는 법을 아는 사람이며, 자신 역시 그런 동료가 되고자 하는 사람이다. 어떻게 나를 깨우고, 어떻게 동료를 찾을 것인가.

이 책에 답이 있다. 수십 년 동안 잘될 사람을 관찰해온 저자의 보석함에 숨겨놓은 이 글들이 당신에게 가닿을 수 있다면. 단 한 줄이라도 당신을 깨워줄 수 있다면. 그렇다면 당신은 이미 잘될 사람이다.

— 나영석 PD

내가 지켜본 지대표는 드러내길 좋아하거나 언변이 뛰어난 사람이 아니다. 오히려 조용히 있다가 사고(?)를 치는 타입이랄까? 그 사고를 읊어보면 이렇다. 2012년 블러썸엔터테인먼트를 시작으로 작가 에이전시를 탄생시키고 영화 제작사, 드라마 제작사의 설립을 지휘하더니, 촬영 스튜디오를 오픈한 데 이어 출판사까지 시작했다. 이 모든 일이 단 10년 동안 일어났다. 그러고 어느 날에는 조용히 종이 뭉치를 하나 건네주었다.

지대표는 잘하는 사람을 잘 알아보는 사람, 그리고 그들의 성장을 기뻐하고 즐기는 사람임에 틀림없다. 누군가의 재능을 꽃피우게 하고 그를 경지에 다다르게 하기 위해 모든 과정을 체계적인 일로 바꾸었다. 잘될 시스템의 설계자인 셈이다.

이 책을 읽는 지금부터 지대표가 또 무엇을 준비하고 어디로 나아갈까 무척 궁금하다. 잘될 사람을 향한 무한한 애정이 이 책을 통해 나에게 전달되었듯 독자들에게도 전해지리라 믿는다. 내가 느끼는 든든함을 잘될 당신도 함께할 수 있을 것이다.

— 차태현 배우

●　연기를 직업으로 선택하고 나서 보낸 10년은 내가 여우인지 황새인지를 알아가는 시간이었다. 그 10년 내내 그걸 인지하고 있었던 것은 아니었다. 10년이 지난 어느 날, 지난 날들을 돌아보며 문득 알아차린 것이었다. 나는 여전히 나에게 중심을 두고 두 발로 단단히 땅을 딛고 서 있으려 노력하고 있다. 이 책을 보시는 분들이 지금 어떤 시간을 지나오고 있는지 책을 보는 동안 한 번쯤 생각해볼 수 있으리라 확신한다.

와닿는 글귀에 밑줄 쳐가며 책 읽는 걸 정말 좋아하는데, 밑줄이 엄청 많다. 아마 두 번째 읽을 때 또 새로운 밑줄들이 많이 생길 것 같다. 요즘 하던 고민들도 그동안 해온 고민들도 이 책을 읽으면서 정리가 되었다. 이 시기에 이 책을 만나고 또 추천하게 된 것은 어쩌면 운명일지도 모른다.

우리는 결국 모두, 스스로를 잘 키워내야 하는 잘될 사람들이다. 어쩌면 길을 잃어 방황하고 있거나, 갈림길의 앞에서 고민하고 있을 나와 같은 사람들에게 이 책은 따뜻한 위로와 함께 냉철한 방향성을 제시해줄 것이다.

― 정소민 배우

차례

 당신은 잘될 사람입니다

잘된 사람의 특징

 **잘되기 위해
당신이 당장 해야 할 일**

4부 잘 키울 사람이 당신을 만나면

5부 당신이면 된다

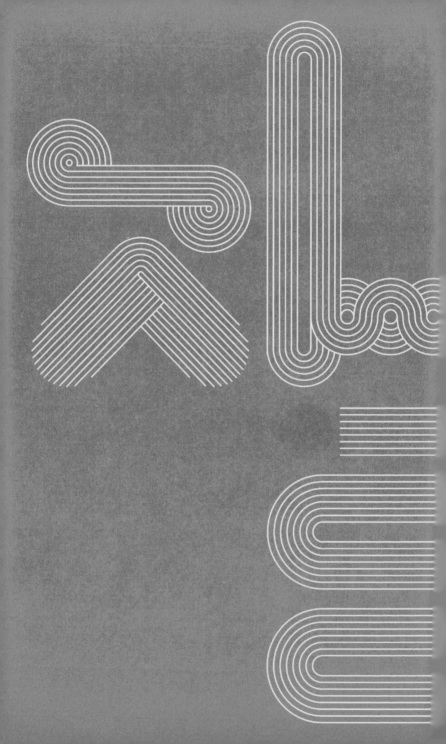

1부

당신은 잘될
사람입니다

01

_____

잘될 사람을 찾습니다

여기에 두고 가면 되나요?

하루에 상자를 절반 혹은 그 이상 채울 만큼, 블러썸스튜디오 입구에 놓인 커다란 철제 박스에 프로필이 차곡차곡 쌓입니다. 드라마 제작사와 촬영 공간을 보유한 스튜디오 건물은 상암동과 마주하는 제2자유로 시작점에 위치합니다. 스튜디오 주변은 소형 주택과 상가 그리고 사무실이 있어 상대적으로 조용한데, 8차선 대로를 건너면 주요 방송국이 밀집한 빌딩 숲입니다. 예능 프로그램을 비롯한 영상 촬영, 드라마 제작 발표, 팬 미팅 등이 바쁘게 진행되는 스튜디오로서는 최적의 입지라 할 수 있습니다. 대중교통으로 도심과 4-5분 거리여서 캐스팅 지원자들에게도 들르기 쉬운 위치이지요.

포털이나 광고를 통해 공지하지 않았는데도 캐스팅이 시작된다는 정보는 하늘에 퍼지는 연기보다 더 빠른 속도로 공유됩니다. 요즘은 '뉴페이스'나, '필름메이커스' 등의 사이트를 활용하여 누구나 손쉽게 오디션에 지원하거나 캐스팅 정보를 확인할 수 있습니다. 그렇지만 프로필을 종이로 프린트하여 직접 회사 앞 프로필 박스에 넣는 일도 여전히 계속됩니다. 연기 학원에서 단체로 종이 프로필을 제출하기도 하고, 장소나 상황의 제약 때문에 직접 지원하기 어려운 분들이 누군가의 손을 빌려 한꺼번에 프로필을 제출하시는 경우도 있습니다. 이런 일이 계절과 요일과 시간에 관계없이 계속 이어집니다.

원하는 목표에 다다르고 자신의 존재를 알리기 위한 모든 노력은 더없이 아름답습니다. 스스로를 가장 잘 나타낼 수 있는 사진을 찍고, 자신의 경력을 하나하나 정리하는 그 순간은 자신을 위해 차곡차곡 미래를 쌓는 시간입니다.

가끔 프로필을 내려놓는 손과 마주치곤 합니다. 그럴 때면 손의 주인을 최선을 다해 자세히 바라봅니다. 우연한 마주침, 그 순간의 한계 안에서 실루엣을 살펴보고 그가 가진 재능의 양을 가늠하고 탐색합니다.

잘될 사람을 찾는 것, 그것이 나의 직업입니다.

멋진 이야기를 글로 창조하는 작가, 그 이야기를 연기로 표현하는 배우, 그리고 하나의 이야기를 영상과 그림으로 바꾸어내는 감독과 프로듀서를 찾습니다. 최고의 콘텐츠를 만드는 능력자를 찾습니다.

그들의 능력은 곧 나의 능력입니다. 그래서 나는 '잘될 사람'을 찾아내고, 그렇게 찾아낸 사람들이 최상의 능력을 충분히 발휘할 수 있도록 하는 것에 집중합니다. 그리고 내가 준비한 환경과 조건은 능력자들에게 한 단계 업그레이드된 결과를 또 가져다줍니다. 이미 최고의 능력을 가진 그들이 또다시 더 많은 능력을 가진 '잘된 사람'이 됩니다. 그것이 나의 직업입니다. 무척이나 즐거운 직업이지요?

당신에게 좋은 소식은 세상에 존재하는 모든 분야에서 이처럼 잘될 사람을 찾는 사람이 존재한다는 사실입니다. 그들은 당신으로 인해 자신 또한 잘되기 위해서, 최선을 다해 잘될 누군가를 찾고 또 찾습니다. 그리고 더 좋은 소식은, 그 잘될 사람이 바로 당신이 될 수 있다는 사실입니다.

잘될 사람을 찾는 것,

그것이 나의 직업입니다.

02

당신보다 당신을 더
잘 아는 사람

나는 내가 제일 잘 알아.

　당신은 당신에 대해 얼마나 알고 있다고 생각합니까? 당신이 태어난 그 순간부터 지금까지 쭈욱 당신을 지켜봐온 한 사람이 있습니다. '엄마'라고 부르면 고개를 돌려 바라보는 바로 그 사람. 그 사람이 보는 당신과 스스로가 바라보는 당신은 얼마나 비슷하고 또 얼마나 다른 사람일까요?

　평생 한 사람과 모든 시간을 오롯이 나누며 살아가는 것은 불가능에 가깝습니다. 아기는 태어나는 순간부터 어머니의 따스한 자궁을 떠나 산부인과 의사, 간호사와 산후조리원 직원분들과 다른 가족들에게로 차례로 이동하고 그들과 시간을 보냅니다. 그리고 엄마의 역할을 나누어 맡은 여러 사람의 시간을 양분 삼아 성장하게 됩니다.

유치원 선생님으로부터 '너는 참 씩씩하구나'라는 말을 들으며 아이는 '나는 용감하다'고 생각하며 자랍니다. 태권도장 사부님이, 영어 학원 선생님이 그리고 초등학교 담임 선생님들이 전해준 '용감한 아이', '노력하는 아이', '수학을 잘하는 아이'처럼 남들이 말해준 조각들을 참고하여 '나'라는 그림을 맞추어갑니다. 그 그림은 점점 커지고 복잡해집니다.

우리는 꽤 많은 시간을 이미 지나왔습니다. 당신은 조각조각 다른 컬러와 이름과 향기로 기억되고 있습니다. 그 개별적이고 이질적인, 어쩌면 상반된 것들이 모인 집합체인 당신이 어떤 일을 해내는 데 적합한지를 살피는 것이 바로 당신을 찾아내는 사람이 할 일입니다.

잘될 사람을 찾아내는 사람들은 당신보다 당신을 더 잘 봅니다. 당신이 어떤 역할이나 업무를 수행하는 데 적절한지 그 부분만 한정해서 평가하기 때문입니다. 당신의 마음이 따스한지, 얼마나 오랫동안 그 일을 하려고 준비해왔는지 등을 세세히 알아채지는 못하겠지만 현재의 능력에 대해서는 누구보다 날카롭습니다.

그들은 앞에 있는 사람이 그 문제를 해결하기에 적절한지, 그 방향이 어울리는지, 비용은 적정한지, 좋은 결과를 보증할 수 있는지, 이후에 더 크게 성장할 수 있는지를 최대한 상세히 생각하고 검토합니다. 또한 그들이 선택한 사람이 능력을 펼치도록 자신이 가진 모든 능력을 쏟아냅니다. 그들이 선택한 사람의 성공은 그래서 그들 자신의 성공이 됩니다.

나의 가능성을 알아봐주고 내 능력을 높이 평가해줄 사람을 만났을 때 내가 잘되는 길이 열립니다. 그리고 그 사람은 이미 당신 주변에 있습니다. 학교 동창으로, 선배로, 직장 동료나 상사로 그리고 가족으로. 그중 누가 당신을 꿈꾸는 자리로 데려다줄 그 사람인지는 알 수 없습니다. 그러니 그 사람이 자신을 발견할 수 있도록 내 안의 보석을 충실히 늘려가야 합니다. 반짝임은 가끔 가려질지언정 영원히 감춰지지는 않으니까요.

그 사람이 자신을
발견할 수 있도록
내 안의 보석을 충실히
늘려가야 합니다.

03

누가 귀인인가

미래를 알려드립니다.

이런 문구를 보면 조금은 흠칫하곤 합니다. 당장 해결해야 할 일에 온 정신을 뺏기고 있을 때라면 그저 갸웃하고 지나가겠지만, 마음속에 돌덩어리가 커다랗게 자리를 잡고 있을 때라면 묻고 싶은 마음이 훌쩍 커집니다.

다른 누군가가 나보다 나의 일을 더 잘 알 수는 없습니다. 이것은 명백한 사실입니다. 그러므로 다른 존재가 나의 미래를 알려줄 수 없다는 것 역시 우리는 이미 알고 있습니다.

그렇지만 그럼에도 불구하고 나에게 좋은 의견을 들려줄 사람을 찾습니다. 어쩌면 이후의 결과는 차치하고, 당장 나의 이야기를 집중해서 들어줄 사람을 찾는 것일지도 모릅니다.

비슷한 고민을 가진 다른 사람의 이야기를 찾아서 듣는 것도 미래를 예측하고 싶은 마음에서 하는 일입니다. 유튜브는 아마도 인류 발생 이후 처음으로, 공인이 아닌 개개인의 의견을 영상에 담아 누구나 시청할 수 있게 해준 플랫폼입니다. 자신에게 잘 맞는다고 생각한 크리에이터를 구독하고, 그와 멀리 떨어져 있다고 해도 의견을 교환할 수 있다는 것은 정말이지 놀라운 일이 아닐 수 없습니다. 나와 근심을 나누고 내가 말하기 어려운 고민을 먼저 얘기해주는 존재는 나에게 진정 귀인입니다.

귀인貴人의 사전적인 의미는 신분이나 인품 등이 높은 사람이라는 뜻입니다. 요즘에는 주역이나 무속, 타로 등 미래를 점치거나 알고자 하는 상황에서 많이 사용됩니다. 과거엔 신분을 뜻하던 단어가 현세에는 좋은 운명을 가져다주는 귀한 사람이란 뜻으로 변화한 것 같습니다.

나는 이 단어를 참 좋아합니다. 나의 직업이 귀인을 찾아내고 나 스스로 귀인이 되어가는 일이라 생각합니다. 재능을 가진 귀한 사람을 찾아내고 그들의 미래에 대해 함께 고민하는 시간이 참 좋습니다. 내가 경험한 시간들이 그들이 경험하게 될 시간과 합쳐져 전에 볼 수 없던 길이 되고, 혼자서는 생각지 못한 문이 열릴 때 우리는 함께 성장합니다. 여러 조각이 모여 귀한 결과를 만들고 그 안에 모인 모든 조각이 귀한 인연이 됩니다.

미래를 알 수는 없지만, 서로에게 기대어 조금 더 알아보고 싶은 미래로 만들 수는 있습니다. 그렇게 우리는 서로에게 귀인이 될 수 있습니다.

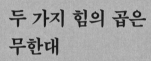

04

두 가지 힘의 곱은
무한대

힘의 공식을 생각해봅니다. 우리가 중학교 과학 시간에 교실에서 배웠던 그 공식입니다.

$$F = ma$$

(F=힘, m=질량, a=가속도)

즉, 힘이 커지려면 질량이 커지거나 가속도가 높아져야 한다는 공식이지요. 골프나 야구를 해보신 분들은 이런 공식을 실제로 경험하고 계실 것입니다. 키와 몸무게 등 기본적인 체격 조건이 달리는 경우 비거리를 향상시키려면 몸의 근력을 키워 채로 공을 치는 순간에 발휘되는 몸의 회전 속도를 높여야 하지요. 그러니까 큰 힘을 얻으려면 각 요소 중 하나를 높이거나, 혹은 두 가지 조건을 모두 높여야 한다는 것입니다.

$$\text{잘될 } F = \frac{\text{잘될 사람의}}{\text{노력 x 능력}} \text{ X } \frac{\text{잘 키울 사람의}}{\text{노력 x 능력}}$$

잘될 사람 공식에서 잘되는 힘은 두 가지 힘의 곱으로 나타낼 수 있습니다. 공식은 모름지기 각 항이 의미하는 바, 즉 정의가 무엇보다 중요합니다. 잘될 사람이나 잘 키울 사람(잘될 사람을 찾아내는)은 각각 자신의 분야에서 노력과 능력을 충분히 갖춘 사람을 뜻합니다. 노력이 0이거나 능력이 0이라면 당연히 이 공식의 결과는 0이 나올 것입니다.

잘될 사람과 잘 키울 사람 각각의 잠재력은 본인이 보유한 능력에 노력을 곱해서 나오므로, 잘될 능력을 보유한 사람이 잘 키울 사람을 만나는 경우에는 그 결과가 예상했던 한계를 넘어서는 놀라운 일로 나타날 수 있습니다. 여기에 마지막으로 시대와 기회라는 조미료가 더해져서 비로소 최종적인 결괏값을 얻게 됩니다.

위의 공식은 단 한 사람과의 관계만을 의미하지는 않습니다. 이런 작용은 마치 사슬처럼 연결되어 어느 시점에 갑자기 화산처럼 폭발하기도 합니다. 여러 요소의 곱이 한순간에 나타나는 것이지요. 문화·예술 부문을 예로 든다면 방탄소년단과 넷플릭스 드라마 〈오징어 게임〉의 선전, 봉준호 감독이 세계 유수의 영화제에서 수상한 일이나 한국 콘텐츠 판매량의 폭발적인 증가 등을 들 수 있겠습니다. 사실 그전에도 H.O.T.나 〈태양의 후예〉, 〈겨울연가〉, 〈대장금〉 등의 드라마와 같이 좋은 성과를 냈던 결과물들이 지속적으로 존재했습니다.

최근의 성과만을 보면 세계적인 위치에 도달하거나 놀라운 부가 쌓이는 일이 갑작스러운 일이라고 느껴질 수도 있습니다. 그러나 오랫동안 준비되어온 각각의 요소가 결합하며 멋진 결과를 만들었다고 보는 편이 더 합당할 것 같습니다.

블러썸크리에이티브(이후 BC로 표기)라는 기업이 있습니다. 이 회사는 한국에 작가 에이전시 혹은 IP(지적재산권) 에이전시라는 개념이 아예 없던 2016년 '작가와 그들의 IP를 관리하는 기업'을 표방하며 탄생한 최초의 기업형 에이전시입니다.

IP 에이전시는 미국 등 서구권에서는 리터러리(문학) 에이전시라는 이름으로 이미 익숙하나 우리나라에서는 아직도 조금은 생소한 분야입니다. 리터러리 에이전시란 소설을 비롯한 전통적인 문학작품 중에서 영화, 드라마 등으로 영상화가 가능한 작품을 찾아내고 선별하여, 그 작품이 또 다른 콘텐츠로 탄생할 수 있도록 매개체 역할을 하는 기업을 말합니다.

영상 시장이 급격히 팽창하면서 기존의 문학뿐 아니라 웹소설, 웹툰, 만화 등 선별해야 하는 작품의 영역이 여러 가지로 확대되었는데, 이렇듯 빠르게 바뀌어가는 환경이 오히려 변화를 빨리 읽어내고 작가와 작품의 가치를 극대화하는 기업을 더욱 필요하게 만들었습니다.

IP 에이전시는 작가와 작품 그리고 출판과 방송, 영상 제작을 모두 이해해야 비로소 가시적인 성과를 낼 수 있는 기업이라 사실 진입 장벽이 상당히 높은 축에 속합니다.

BC는 유명 소설가이신 K작가가 제안하고 소설 덕후이던 내가 의기투합하여 만든 결과물입니다. 잘 쓰는 작가와 일을 좋아하는 경영자의 만남이 의외의 분야를 성장하게 만든 것입니다. 이 또한 잘될 공식의 사례라 하겠습니다.

BC는 2016년부터 기업형 작가 관리를 천명하고 베스트셀러 작가를 영입하였고, 동시에 그즈음에는 관심받지 못했던 SF 소설, 장르 소설을 주목하여 당시 갓 신작을 발표하거나 심지어 단행본을 출간한 경험도 전혀 없던 신인 작가들을 영입했습니다.

그 작가들은 이제 출판 시장에서 당당히 이름을 드높이고 있으며 BC는 그들의 2차, 3차 판권의 판매와 작가의 홍보 및 외부 활동 전반을 관리하며 탁월한 선구안을 증명해내고 있습니다.

이렇듯 누가 잘될 사람인지 알아보는 사람과 그 일을 꾸준한 노력과 탁월한 능력으로 해내는 사람과의 만남은 시간이라는 마법을 통해 두 가지 힘의 곱이 무한대임을 증명하고 있습니다.

잘 쓰는 작가와

일을 좋아하는 경영자의 만남이

의외의 분야를

성장하게 만든 것입니다.

이 또한 잘될 공식의 사례라

하겠습니다.

05

넥스트 밸류next value의
문을 열어

I'm on the next level

저 너머의 문을 열어

Next level

Kosmo에 닿을 때까지[*]

aespa라는 그룹의 〈Next Level〉이라는 곡의 가사 중 일부입니다. 가사를 입에서 내보낼 때의 말맛도 좋지만 다음 세계의 문을 열겠다는 새롭고 힘찬 기운이 느껴지는 리듬을 좋아합니다.

---

[*] aespa 〈Next Level〉 — KOMCA 승인필

'잘될 사람'이라는 단어를 살펴보면 이 단어가 말하는 시제는 미래형입니다. 풀어서 쓰면 '앞으로 잘되리라 기대되는 사람'이라는 의미라 할 수 있겠습니다. 잘되기 위해 가장 필요한 것은 무엇일까요? 결과나 과정은 차치하고 기본 전제가 되는 첫 번째 요소로는 '무엇인가 하고 있어야 한다'라는 것입니다. 잘되기를 기도하면서 정작 아무것도 하지는 않고 바라기만 하는 경우가 있을 수 있습니다. 아무리 열심히 기도한다고 해도 그는 결국 아무것도 받지 못할 것입니다. 복권에 당첨되려면 일단 복권을 사서 손에 들고 있어야 합니다.

그러므로 우리는 어떤 복권을 살 것인지 일단 결정해야 합니다. 즉 무엇인가 하고 있으려면 하고 있을 무언가를 결정해야 한다는 뜻입니다. 결정이라는 것이 사실 너무 어렵지만 앞으로 한 걸음 나아가려면 그걸 해내야만 합니다. 그러므로 좀 쉬운 접근법을 생각해보았습니다.

당신이 무엇을 잘하기 위해 시도할 것을 찾는다면 두 가지 포인트로 생각을 압축해보면 좋을 것입니다. 첫째 '당신이 잘하고 싶은 일'을 찾아내보는 것이고 두 번째로 '당신이 그 일에 적합한 요소를 가지고 있는가'를 확인해보는 것입니다.

내가 하는 방법을 예로 들어보겠습니다. 매년 12월, 1월에는 지난해의 결산과 새해의 산업 전망치가 나옵니다. 전 세계의 경제 및 트렌드를 예측하고 대륙별·국가별·업종별 전망이 자료와 함께 세세하게 쏟아집니다. 그 자료들을 열심히 들여다보면 혼자서는 알 수 없었던 많은 분야를 새로이 볼 수 있습니다.

그동안 그러한 자료나 책들이 너무 멀게만 느껴졌다면 이제부터 그것들을 당신을 돕는 나침반 혹은 친구라고 생각해봅니다. 언제나 당신이 물으면 답을 주는 친절하고 박식한 친구들을 옆에다 둘 수 있습니다. 생각지도 못한 다양한 종류의 산업이나 업종을 마주했을 때 당신이 어떤 것을 친밀하게 느끼는지, 어떤 것을 할 수 있다고 느끼는지 구분하여 적어봅니다. 스스로 생각하며 떠올리는 것보다 분류된 것에서 골라보는 것이 훨씬 덜 힘들고 재미도 있습니다. 처음 간 식당에서 메뉴판을 펼치고 익숙하지 않은 메뉴 중에서 무엇을 주문할 것인가 고민하는 일과 비슷합니다.

다른 사람들이 유망하다고 전망하는 일이나 업종이라고 해서 다 좋은 것은 아닙니다. 전망도 좋지만 당장 현실적으로 어느 정도 수익을 낼 수 있는지 그리고 장기적으로 유지가 가능한 업종인지, 무엇보다도 그 일이 내가 잘할 수 있는 분야인지를 함께 고려하는 게 진짜로 중요한 일입니다.

지금 어떤 분야에서 이미 일을 하고 있거나 혹은 아르바이트 등으로 경험이 있다면 보다 상세히 생각할 수 있을 것입니다. 만일 학생이거나 직장 경험이 없다면 부모님의 직업이나 현재 공부하는 학문을 기준으로 시작해보는 것도 좋습니다.

요즘은 단기 아르바이트로 혹은 인턴으로 그 산업을 가볍게 경험할 수 있는 다양한 방법들이 존재합니다. 1차 자료를 통해 관심을 가지게 된 그 직업을 체험할 수 있다면 직업의 선택과 내가 종사하고자 하는 분야를 선택하는 데 실질적인 도움이 될 것입니다.

무엇보다, '당신 자신'에 대해 탐구해야 합니다. 잘되어야 하는 대상은 그 누구도 아닌 바로 당신입니다. 당신이 어떤 분야나 업종 그리고 구체적인 업무에 관심을 두었다면 스스로가 그 일에 어울리는지 알아보아야 합니다. 세세하고 끈기 있게 숫자와 숫자의 의미를 따져야 하는 회계사가 되고 싶은데, 정작 당신은 숫자만 보면 머리가 아프고 자리에서 일어나 밖으로 나가고 싶어진다면 당신이 회계사로 잘되기는 너무나 어렵습니다. 그 일은 무척 매력적이나 당신이 가진 기질이 그일과 맞지 않기 때문입니다.

일을 한다는 것은 어딘가에 소속되어 약속된 시간 동안 당신의 시간과 정신을 내어준다는 뜻입니다. 우리는 그 대가로 급여를 받습니다. 오랫동안 그 일을 하면서도 스스로 소진되는 기분을 느끼지 않으려면 당신의 특성을 잘 살릴 수 있는 일을 선택해야 합니다.

일상생활 동안 우리는 여러 사람의 다양한 업무 공간에 머무릅니다. 무언가를 주고받는 곳이라면 어디든 그 일을 업으로 하는 사람들이 있습니다. 커피숍에는 당신에게 따스한 카페라테를 내어주는 카페 사장님이 있고, 전자 제품 서비스 센터에는 소중한 제품을 다시 사용할 수 있게 수리해주는 전문가분들이 근무하고 있습니다. 대출을 위해 은행을 방문하면 대출 상품을 비교하고 함께 고민하며 이자율을 계산해주는 은행원이 당신의 앞에 앉아 있습니다. 그들을 살펴보고 당신을 대입하며 상상해보는 것만으로도 다른 누군가로 살아볼 수 있습니다. 생생한 현장을 경험할 수 있습니다.

저 너머의 문을 열어
Next level

당신이 원하는 그 지점에 닿기 위해서 지금 여기서 할 수 있는 것을 해보는 용기와 실행이 필요합니다. 그곳은 문을 여는 사람에게만 허락될 것입니다.

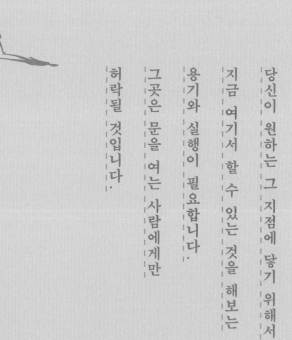

당신이 원하는 그 지점에 닿기 위해서

지금 여기서 할 수 있는 것을 해보는

용기와 실행이 필요합니다.

그곳은 문을 여는 사람에게만

허락될 것입니다.

06

화양연화花樣年華,
당신이 누릴 최상의 시간이 온다

'화양연화花樣年華'라는 말은 2000년 개봉한 왕가위 감독의 영화 제목으로 사용되며 대중적으로 알려졌습니다. '인생의 가장 아름다운 시기'라는 의미인 '화양연화'. 당신은 인생의 화양연화가 언제 찾아오기를 바라나요? 만일 선택할 수 있다면 언제가 가장 좋을까요?

각자 선택한 시기가 다 다를 것입니다. 아주 일찍부터 자신의 목표를 운동선수로 결정하고 성장기를 모두 훈련으로 채워 넣어 10대의 나이에 결국 올림픽 금메달을 거머쥔 스포츠 스타가 떠오릅니다. 반면 젊었을 때에는 어둡고 어려운 무명 시절을 보냈으나 노년이 되어서 세계적인 영화제에서 수상한 배우도 있습니다. 우리가 원하는 최고의 시기는 각자 다르겠지만 그게 언제가 되었든 인생에 한 번쯤 박수와 환호가 한 몸에 쏟아지는 순간을 지니고 싶은 마음은 누구를 막론하고 같을 것입니다.

환한 빛으로 가득한 '화양연화'의 시기는 누구에게나 찾아옵니다. 20년 넘게 대중으로부터 주목받는 사람들의 오르막과 내리막을 지켜보는 일을 하면서 알게 된 사실입니다. 오르막의 가파르기와 산꼭대기의 넓이가 각자 다를 수는 있겠지만 누구나 인생에 한 번은 그 시기를 경험할 수 있습니다.

중요한 점은 당신이 정상에 효과적으로 오르는 방법을 알아내야 한다는 것이며 또한 정상에서 머무르는 기간을 최대한 늘려야 한다는 데에 있습니다. 여기에 더해 내리막의 각도를 낮추거나 내려가는 속도를 늦추는 것도 세심하게 준비해야 합니다. 여기에서 잘될 사람의 크기가 결정됩니다. 그리고 그 과정은 당신 혼자가 아니라 당신에게 길을 안내하는 존재와 함께할 때 더 안전하고 탄탄하며 넓은 길이 될 수 있습니다.

잘 키우는 사람은 당신의 인생이라는 타임라인을 함께합니다. 그는 당신의 삶을 개별적 성과의 모음이 아닌 종적으로 연결된 거대한 흐름으로 인식합니다. 당신이 올해 무엇을 잘해냈다면 잘 키우는 이들은 그 멋진 일이 지나간 후 당신이 무엇을 해야 하는지 생각합니다. 당신이 오늘 할 일에 집중하고 있다면 잘 키우는 사람은 당신의 내일과 모레를 설계합니다. 잘 키우는 이들은 당신의 잘됨이 지속될 수 있도록 구체적인 방법을 기획합니다. 진정으로 한 배를 탄 사이란 이와 같은 관계여야 합니다. 서로의 승리를 북돋고 서로의 위험을 나누는 상대가 필요합니다. 당신은 '화양연화'의 주인공이 될 것입니다. 당신을 그곳으로 데려갈 안내자와 함께한다면 두 배쯤 더 기쁘게 그리고 더 안전하게 '화양연화'를 누릴 수 있을 것입니다.

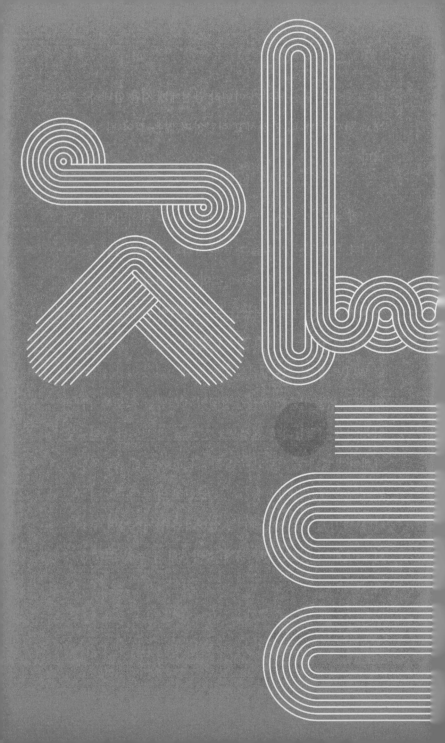

2부

잘된 사람의
특징

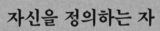

07

자신을 정의하는 자

매년 마지막 날엔 노트북에 빈 화면을 띄워 한해 동안 차곡차곡 담아두었던, 그렇지만 아무에게도 말하지 않은 스스로와의 대화를 적습니다. 그리고 1년간 매일 업무에 사용한 노트들을 쌓아두고 특별히 표시해둔 내용만을 덜어내어 새로운 문서를 만듭니다. 일기는 아니고, 그렇다고 기획서는 더더욱 아닙니다. 그러나 그 두 가지의 내용이 절묘하게 합쳐진 글이 페이지를 가득 채웁니다.

시작점과 마침이 있는 일에 대해서 일정한 주기를 정해 기록을 남기는 것은 평생 이어온 습관입니다. 그리고 그 습관은 나에게 많은 선물을 가져다주었습니다. 일정한 기간 동안 목표한 것을 어떻게 생각하고 어떤 방식으로 해결하려고 했으며, 결국 어떤 결정을 내렸고 어떤 행동을 했는가를 적습니다. 기록은 하나의 일이 그 하나로 끝나지 않고, 또 다른 일을 만들어낼 수 있도록 해줍니다. 근본적인 실행력의 크기를 점점 자라게 해줍니다.

얼마 전 미국에서 오랜 시간을 보내고 귀국한 지인을 5년 만에 만났습니다. 그는 내게 무엇을 위해 사느냐 물었습니다. 저녁 식사에 흔하게 등장하지 않는 어려운 질문이었습니다. 그럼에도 불구하고 내가 생각보다 쉽게 대답할 수 있어서 놀랐습니다. 나는 스스로를 사업가로 정의하였고, 그래서 내가 세운 사업의 목표를 하나하나 달성하기 위해서 산다고 말할 수 있었습니다. 그리고 그에게 되물었습니다. 그는 결국 답하지 못했습니다.

나를 성공한 자로 정의한 그는 그 자신을 정의하는 데는 실패한 듯 보였습니다. 본인이 성공했는지, 그리고 자신의 목표에 얼마나 다가갔는지는 오히려 잘 알지 못했습니다. 그리고 내게 자신을 어떻게 보는지 물었습니다. 왜 그는 나의 평가가 궁금했을까요?

잘된다는 것은 타인이 정의하는 것이 아닙니다. 어떤 상태에 도달해야 잘되는 것인지는 당신만이 정할 수 있습니다. 당신이 달성해야 하는 것은 당신의 목표여야 합니다. 타인은 당신이 얼마나 잘해냈는지 그리고 지금 어디쯤 와 있는지를 판단할 수 없습니다.

잘된 사람은 타인의 기준을 위해 노력하지 않습니다. 자신의 잘하는 것과 자신이 할 수 있는 것을 명확히 알려고 노력하며, 그렇게 설정한 자신만의 계단을 오릅니다. 자신만의 시간을 살아갑니다.

황새와 여우가 서로를 식사에 초대한 우화를 우리는 알

고 있습니다. 여우가 차린 밥상을 황새는 즐길 수 없고 황새가 정성껏 준비한 음식에 여우는 손댈 수 없습니다. 당신이 여우인지 황새인지, 무엇을 얼마나 먹는지는 당신만이 정할 수 있습니다.

잘되었다는 것은 정해진 시간 내에 당신이 설정한 구체적인 목표를 이루었다는 의미입니다. 어떤 목표를 세우는가에 대해서는 각자 기준이 다양하겠지만 설정한 목표가 있는 경우와 없는 경우는 너무나 다릅니다. 결과를 알 수 있는가 없는가에는 엄청난 차이가 있기 때문입니다.

매년 목표가 설정되어 있으면 당신이 보낸 한해가 성공인지 실패인지 그리고 어느 정도의 성공이거나 실패인지를 알 수 있습니다. 전혀 달성하지 못한 항목도 있고 넘치게 달성한 항목도 있을 겁니다. 외부 활동이나 일에 대해서만 목표를 설정하는 것이 아닙니다. 스스로의 내면에 대한, 가족에서 당신의 역할에 대한 것도 목표 안에 설정할 수 있습니다. 아주 개인적인 작업이지요.

당연한 일이지만, 매년 성공할 수는 없습니다. 그리고 같은 이유로 평생 실패만 할 수도 없습니다. 당신이 전혀 준비하지 않았는데 예상치 못하게 성공할 수도 있습니다. 외부적인 요소나 다른 사람의 활동으로 뜻밖의 행운이 찾아오는 경우가 있지요. 이런 성공은 성공이라 부르지 않고 '선물'이나 '행운'이라고 부릅니다.

우연히 찾아온 선물을 당신이 노력해서 잘된 것으로 착각하지 않는 자세가 필요합니다. 당신이 스스로 해낸 것에만 잘해낸 일이란 타이틀을 붙여주다 보면 스스로에 대한 자랑스러움이 마음속에 조금씩 생겨나는 것을 느낄 수 있습니다. 그리고 그런 판단력은 당신에게 '선물'을 가져다준 것이 누구인지, 어떤 요소인지, 혹은 환경이 어떻게 변했기 때문인지를 깨닫게 해줍니다. 또한 선물이 도착한 후 일어나기 쉬운 서운함이나 배신감 혹은 아무 근거 없는 막연한 기대감을 구별할 수 있게 해줍니다.

　잘된 사람은 이렇듯 자신만의 기준을 세웁니다. 당신도
지금 그렇게 할 수 있습니다.

잘된다는 것은

타인이 정의하는 것이 아닙니다.

어떤 상태에 도달해야 잘되는 것인지는

당신만이 정할 수 있습니다.

K방송사 기자 S님과 처음으로 사적인 자리를 가졌습니다. 알고 지낸 지 어언 2년이 넘었을 때였지요. 사회에 나와서 누군가와 가까워지는 것은 참으로 어려운 일입니다. 사회란 곳에서 당분간이나마 관계가 유지되려면 그래야 하는 구체적인 이유가 있거나 이익이 나는 활동이 지속적으로 있어야 하니까요. 그런데 S님은 나와의 관계에서 어떤 이득이 있는 사이가 아님에도 자신의 자리에서 열의를 가지고 최선을 다하려는 모습이 무척이나 아름다워 보여서 마음이 갔습니다. 마음이 간다는 것은 내가 지속적으로 추구하는 모습을 누군가에게서 발견할 때 생겨나는 현상인 듯합니다.

S님도 벌써 방송을 한 지 10년 차로 접어들었다고 했습니다. 그 말을 듣는 순간 불쑥 S전자 회사의 신입이던 내가 첫 사수에게 했던 질문이 떠올랐습니다.

— 선배는 어떻게 그 많은 일을 그렇게 다 잘하세요?

내가 질문했습니다.

— 너도 여기서 10년 동안 같은 일을 하면 다 할 수 있게 돼. 단, 10년 동안은 매일 여기서 이 부서의 일을 꾸준히 한다는 조건하에서 말이지.

처음엔 그저 '10'이라는 숫자만 마음에 남았는데, 선배가 말했던 기간을 훌쩍 지난 지금에는 그 문장 뒤에 단서로 덧붙였던 단어들이 새삼스럽습니다. '꾸준히', '매일' 그리고 '여기'.

2부 _ 잘된 사람의 특징

'시간이 물처럼 흘러간다'고 합니다. 요즘 느끼기엔 흘러만 가는 게 아니라 마구 날아가는 것이 아닐까 싶습니다. 바로 그렇기에, 당신이 잘될 사람이 되기로 마음을 먹었다면, 그 '시간'을 억지로 붙잡아서 '꾸준히' '매일' 쌓는 작업이 필요합니다.

물리나 화학을 배우던 중학교 과학 시간으로 잠시 돌아가봅시다. 액체나 기체 물질을 고체로 만들려면 무엇이 필요할까요?

네, 맞습니다. 액체의 온도를 급격히 낮추어 얼리거나 기체에 아주 커다란 압력을 주어야 합니다. 우리가 '매일' '꾸준히' 일을 하는 것은 바로 이렇게 나에게 주어진 시간을 얼리고, 커다란 압력을 주어서 내가 보낸 시간이 '쌓이도록' 만드는 과정입니다. 그렇게 시간을 축적한 사람에게는 스스로는 볼 수 없는 광채가 흐릅니다. 자신이 아닌 다른 사람에게만 보이는 빛이지요. 잘될 사람을 찾는 이들은 빛으로 둘러싸인 당신을 찾아냅니다.

매직 넘버 10.

당신이 이 숫자를 기억했으면 좋겠습니다.

잘될 사람은 적어도 10년을 한 곳에, 같은 분야에 쌓으려고 노력합니다. 3개월, 6개월씩 나누어서 여기저기에 흩뿌리지 않습니다. 천천히 토대를 닦고 얼마만큼의 넓이와 높이를 만들지 생각합니다. 다른 이들이 스쳐가는 것을 지켜봅니다. 지금 당신이 있는 그곳이 어떤 분야든, 10년을 버티다 보면 알고 싶지 않아도 한 번의 큰 사이클을 지나게 됩니다. 그 분야가 가진 거대한 흐름 안에서 출렁이게 됩니다. 그래서 당신은 시장을 볼 수 있는 사람이 됩니다. 열심히 맡은 일을 하며 시간이 갔을 뿐이라고 생각하지만 당신은 어느새 전문가로 불립니다.

같은 일을 오래 한 사람만이 비로소 큰 물길을 알아봅니다. 당신은 이 시냇물이 어디로 흐를지 저 강이 어느 바다로 갈지를 알 수 있게 됩니다. 당신이 10년간 머물며 쌓은 시간들이 그 거대한 흐름을 당신의 손에 쥐여줄 것입니다. 흐름을 알면 흐름을 조정할 방법을 찾아낼 수 있습니다. 지금 세계를 조정하는 잘된 사람들은 이러한 원칙을 알고 있습니다. 당신도 언젠가 그렇게 할 수 있습니다.

09

질문을 그치지 않는 자

새로운 작가를 만나는 시간은 큰 축복입니다. 오늘처럼 의외의 루트를 통해 스스로 자라난 작가를 만나는 경우에는 더 그렇습니다.

영화나 드라마의 대본을 작성하는 시나리오 작가는 조금 다르지만, 소설을 쓰는 작가는 보통 문예창작과 혹은 국문과를 졸업하고 주요 매체의 공모전에서 수상하는 '등단' 과정을 거쳐 작가가 되는 경우가 많습니다. 그러나 이 같은 공식이 10여 년 전부터 조금씩 변화하기 시작하여, 근래에는 등단 과정 없이 처음부터 책을 내는 경우도 많습니다. 특히 전자책은 조금 간편한 방법으로 데뷔작을 만들 수 있는 좋은 매체가 되어주고 있습니다.

오늘 만난 작가는 직장을 다니며 소설을 썼고, 그 작품을 크라우드 펀딩을 통해 자신의 첫 책으로 출간하였습니다. 두 번째 책을 준비하고 있다는 그녀에게 좋은 기업에 근무함에도 불구하고 책을 내기로 결심한 이유가 무엇이냐고 물었습니다. 이런 대답이 돌아왔습니다.

"해보지 않으면 모르니까요. 할 수 있는지."

자신이 무엇을 하는지, 무엇을 하고 싶은지를 정확히 아는 단단한 대답에 질문을 했던 내 마음이 더 뿌듯했습니다. 이 작가는 자신이 할 수 있는 것마저 스스로 확인을 마친 셈입니다.

잘될 사람들은 질문을 그치지 않습니다. 스스로 질문하고 스스로 그 해답을 찾아갑니다. 심지어 타인이 보기에 더 잘될 필요가 없을 만큼 잘된 뒤에도 이런 행동은 계속됩니다. 앞에 언급한 신인 작가는 자신이 글을 쓸 수 있는지에 대한 질문을 던졌습니다. 여기에 대한 답을 찾을 수 있는 방법은 단 하나, 글을 써보는 방법뿐입니다. 작가의 질문이 글을 쓰는 행동을 불러왔습니다.

당신이 스스로에게 던진 질문은 당신의 모든 것을 바꾸어놓을 수 있습니다. 질문이 없다면 답도 없습니다. 그치지 않는 질문은 그치지 않는 행동을 불러옵니다. '사용하지 않는 빈방으로 수익을 얻을 수 있을까' 하는 질문이 전 세계 숙박업의 모습을 바꾸어놓았습니다. '퇴근 후 집에 돌아가서 내일 아침에 먹을 음식을 주문할 수는 없을까' 하는 질문이 새벽 배송 시스템을 생겨나게 했습니다.

당신이 질문하기를 그치지 않길 바랍니다. 행동하길 바랍니다. 당신이 원하는 것이 무엇인지, 당신이 궁금한 것이 무엇인지 계속 묻기를 바랍니다. 그렇게 질문하고 대답하는 과정 속에서 당신은 새로운 답을, 혁신적인 답을 찾을 것입니다.

그렇게 당신은 잘될 사람의 길로 나아갈 것입니다.

해보지 않으면 모르니까요.

할 수 있는지.

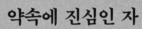

10

약속에 진심인 자

나에겐 매일 아침을 여는 루틴이 있습니다. 모닝커피를 마시는 일입니다. 따스한 혹은 시원한 첫 모금이 식도를 따라 조르륵 내려가는 느낌을 참 좋아합니다. 물론 강제로 정신을 깨워주는 카페인의 도움이 필요하기 때문이기도 합니다. 커피를 마신 다음에는 바로 휴대전화의 캘린더 애플리케이션을 엽니다. 잠에 들기 전 확인한 일정이지만, 혹시 오늘의 약속을 잊어버리지는 않았는지 여러 개의 단톡방을 체크합니다. 커피와 캘린더는 모닝 세트처럼 업무 노트와 함께합니다. 휴대전화에 깔아둔 노트 애플리케이션이 몇 가지는 되지만 아침에는 손에 감기는 펜을 들고 사각거리는 종이 노트에 글자를 적어가는 것이 훨씬 맘에 듭니다.

누군가와 업무상의 약속이나 미팅을 하는 경험이 오래 쌓이면 알게 되는 비밀이 있습니다. 잘된 사람일수록 약속에 진심이라는 것입니다. 더 잘될 수 없는 경지에 이른 사람일수록 함부로 약속하지 않으며, 이미 한 약속을 허투루 여기지 않습니다.

외교상의 만남에서 결례를 저지르기로 유명한 정상이 있습니다. 바로 블라디미르 푸틴 러시아 대통령입니다. 그는 항상 모든 정상 회담에 가장 마지막으로, 혹은 약속 시간을 넘겨 한발 늦게 나타난다고 합니다. 다른 정상을 기다리게 하여 본인이 더 중요한 사람이라는 것을 나타내려는 행동입니다. 또한 정상 회담 자리에는 르네상스 시대에서나 볼 법한 아주 길고 큰 테이블 끝에 타국의 국가 수반이 앉을 자리를 두어, 자신이 그들보다 우위에 있는 제왕적인 존재임을 드러내려고 한다고도 합니다. 자신의 무례함을 자신이 승리한 증거라고 판단하는 것으로 보입니다.

'처음 들른 사무실에서 가장 빨리 일을 해결하고 싶다면 가장 바쁜 사람에게 부탁하라'라는 말이 있습니다. 누구보다 업무가 많아서 바쁘게 일하는 사람일수록 이상하게 질문에 대한 답이 빠르고 명료합니다. 약속을 정하는 과정이 모두 물 흐르듯 진행되고, 그 약속을 지킵니다. 심지어 '노'라는 답도 빠르고 정확합니다. 상대의 시간과 마음을 고려한 배려가 느껴집니다.

상대가 아무리 멋진 성과를 낸 근사한 사람이라도 나와 함께 무엇을 만드는 데 관심이 없고 그와의 관계를 위해 나만 노력하고 있다면, 그 사람과 나의 관계는 주종 관계이지 협력 관계는 아닐 겁니다. 물론 그렇게라도 당장 일을 해야 하는 경우가 있습니다. 그러나 그 상황이 지나면 누가 자신을 존중하지 않는 사람과 일을 하고 싶을까요?

답을 받기로 한 기한이 지났는데도 한없이 답을 받지 못하는 경우도 많습니다. 빨리 재촉하고 싶지 않아 기다린 후 다시 조심스레 질문하면 처음 듣는 듯한 반응을 보이는 경우도, 그마저도 아무런 답변이 없는 경우도 있습니다. 일이 너무 많아서, 이미 모든 것이 충분한 상태여서, 혹은 급작스레 해외에 나가게 되어서 등 여러 가지 변명을 아주 오랜 뒤 전해주시는 분도 있습니다. 이런 행동은 모두 상대를 자신보다 낮추어 본 결과라고 생각합니다. 상대를 존중한다면 그 누구도 결코 이런 행동을 할 수 없기 때문입니다.

업무적인 관계뿐 아니라 개인적인 관계에서도 마찬가지입니다. 아마 지금쯤 어떤 얼굴이 떠오르실 것입니다. 당신이 누군가와 이런 상태라면 그 상대를 과감히 주소록에서 삭제하시길 권합니다.

그리고 당신이 잘될 사람이 되고 싶다면 누구와의 약속이든 함부로 정하지 말고 한번 정한 약속이라면 반드시 지키려고 노력했으면 합니다. 단단한 바위도 빗방울에 뚫리듯 약속에 대한 진심이, 상대의 시간을 고려하는 마음이 당신을 잘 될 그곳으로 데려다줄 것입니다

11

세 가지의 일을
구분하는 자

합정동에 자주 갑니다. 미팅도 많이 하고 새로운 만남도 자주 이루어집니다. 오늘은 새로 문을 연 지 한 달쯤 되어 보이는 카페에 들어왔습니다. 바로 옆의 자주 들르던 카페에 자리가 없어 당황하던 중 코너를 돌아 새 매장을 발견했습니다.

이곳은 상가 임대료도 높지만 특히나 관리비가 임대료만큼 비싸다고 알려진 곳입니다. 유명 브랜드 매장들도 팬데믹 시기를 버티지 못하고 문을 닫았습니다. 그럼에도 불구하고 새봄처럼 환하게 웃으며 시작의 기운을 불어넣는 점주의 모습에 조용한 응원을 보내고 싶어집니다. 같은 상황에 그곳을 찾는 사람들의 수가 비슷하더라도 어떤 사람은 운영을 중단하고 어떤 사람들은 다시 오픈을 준비합니다. 어떤 시각으로 바라보는가에 따라서 행동은 다르게 나타납니다.

이 세 가지 일 중에 당신이 가장 중요하게 생각하는 것은 무엇입니까? 우선순위를 둔다면 무엇이 맨 처음에 자리할까요?

이 질문은 첫 직장에서 만난 선배의 선물입니다. 이 선물을 받게 된 건 신입이었던 내가 처리했던 일이 몹시도 잘못되었기 때문이었습니다. 결국은 선배들이 대신 불려 가 그 일을 수습해주었고, 그런 후에야 시끄럽던 사무실이 다시 평화를 찾았습니다. 차마 고개를 들 수 없던 시간이 지나자 선배가 조금 차분해진 어투로 말했습니다.

"앞으로는 후배님이 무엇을 결정해야 할 때 그 일을 '세 가지'로 나눠보면 보다 선택이 정확해질 거예요. 해야 하는 일, 하고 싶은 일, 할 수 있는 일."

지금 돌아보면 그때 내가 했던 일은 하고 싶으나 할 수는 없는 일이었습니다. 그리고 해야만 했던 일도 아니었습니다.

그 이후 지금까지, 고민스러운 지점마다 이 분류법은 많은 도움이 되었습니다. 당장 선배가 지시한 업무를 해결할 때도, 인생에서 처음으로 중대한 결정을 내려야 할 때에도 생각했던 것 같습니다. 그런 결정이 쌓이다 보니 나는 주로 어떤 결정을 하는지 알게 되었습니다. 나는 '할 수 있는 일'을 가장 좋아하고 그것을 기준으로 판단하는구나, 하고 말입니다.

지금 많은 생각이 스스로를 힘들게 한다면 '세 가지 일

분류법'을 사용해보시길 추천합니다. 잘될 사람은 이 세 가지 일의 차이를 분명하게 알고 있습니다. 세 가지 일은 아주 좁을 지언정 교집합의 영역도 물론 가지고 있습니다. 그러나 내가 판단하고 싶은 일의 대부분이 어느 영역에 주로 위치하는지 알아내보려고 노력하고, 그래서 위치를 찾아낸다면, 쉽게 해 결하지는 못할지라도 해결의 방향을 찾을 수 있을 것입니다.

잘된다는 것은 바라는 곳으로 끊임없이 다가가는 상태 를 말합니다. 그러려면 모든 것을 쉽게 한 번에 해결할 수 있 는 방법은 없다는 것을 이해해야 합니다. 다가가는 방법을, 힘 내는 방법을 조금씩 알아가며 지치지 않고 걸어야 합니다.

잘된다는 것은 바라는 곳으로
끊임없이 다가가는 상태를 말합니다.
다가가는 방법을, 힘내는 방법을
조금씩 알아가며 지치지 않고
걸어야 합니다.

12

_____

타인의 잘됨을
기뻐하는 자

10년 넘게 같은 손가락에 끼고 있던 반지를 뺐습니다. 손가락에 자국이 움푹 새겨져 있습니다. 열흘이 넘게 지났는데도 반지의 두께를 알 수 있을 만큼 여전히 모양이 또렷합니다. 처음 착용할 때는 손가락에 쉽게 들어갔는데, 그새 손가락 마디가 두꺼워져 반지를 빼내려 애를 써야 했습니다.

사람에게 가장 오래 남는 자국은 사람으로 인해 생깁니다. 당신과 비슷한 고민을 하는 누군가가 있다고 해봅시다. 같은 목표를 바라보는 두 사람이 성격도 비슷하고 취미까지 우연히 겹친다면, 아마도 둘은 친구가 되었을 것입니다. 그러나 시간이 지나 상황이 변하고 당신이 그토록 원하는 것을 친구가 가지게 된다면 마음이 참으로 복잡해질지도 모릅니다.

90년대 중후반을 지나면서 넷스케이프라는 브라우저가 등장했습니다. 최초의 상용화된 웹 브라우저였지요. 전 세계를 하나의 네크워크로 연결할 수 있다는 인터넷이라는 놀라운 개념이 점점 자라나더니, 닷컴 열풍이 불어 회사들이 여럿 설립되며 각종 산업계를 강타했습니다. 인터넷 열풍과 가장 긴밀한 연관이 있었던 전자업계는 열심히 일하던 임직원들이 일제히 창업의 세계로 이동해버리는 초유의 사태를 맞았습니다. 상상도 예측도 할 수 없는 일이었지만, 상황은 실제로 벌어졌습니다.

회사 내부에서 유능하다는 평을 들었던 동료들이 새로운 개념만으로 무장한 벤처로 떠났습니다. 그들에겐 아무것도 보장된 것이 없었지만 열기를 머금은 바람은 뜨겁고 세차게 하나의 세계를 창조해나갔습니다. 더 늦기 전에 합류해야 한다는 조바심과 저쪽으로 건너가지 않으면 어쩐지 나만 뒤처진 사람이 되어버린다는 두려움이 합쳐져 거대한 파도를 만들었습니다.

내 옆자리에서 일하던 동료가 선배가 친구가 성공한 사업가가 되어 매스컴을 장식하는 모습은 '나도 가능하다'라는 사인이 되었고, 그로 인해 더 많은 이들이 떠났습니다. 떠난 자 뒤에는 항상 남은 자가 있습니다. 떠난 자보다 수적으로 훨씬 다수인 남은 자들은 냉정한 마음으로 일할 수 없었습니다. 그리고 이 놀라운 상황을 대처하는 몇 가지의 타입이 생겨났습니다.

첫 번째, 성공한 동료의 단점을 얘기하며 그들의 성공이 단지 운이라고 말하는 타입. 두 번째, 그들의 성공에 합류하기 위하여 조용히 그들에게 다가갈 방법을 찾는 타입. 세 번째, 그들이 떠남으로써 남은 자리를 차지하기 위해서 사내 정치에 전력을 다하는 타입. 그리고 마지막으로 진심으로 동료의 성공을 기뻐하고 그들에게서 자신만의 배울 점을 찾아내는 타입.

생각지 못한 변화는 그 후로도 몇 번이나 찾아왔습니다. 변화의 파도는 점점 크고 강해지고 있습니다. 그 어떤 파도가 당신에게 닥쳐오든, 당신은 당신의 마음이 어떻게 작동할지를 정할 수 있습니다. 꽤 많은 시간이 흐르고 보니, 정말 잘되어 있는 사람은 진심으로 다른 사람의 잘됨을 축하하고 기뻐하는 네 번째 타입의 사람이었습니다. 이들은 타인의 잘됨을 온전히 인정하고 그들과는 다른 자신을 인지했던 것입니다. 그리고 자신이 가장 잘할 수 있는 길에 남을 것을 선택하여, 흔들림 없이 뚜벅뚜벅 걸어갔습니다.

잘된 사람은 타인의 잘됨을 진심을 다해 기뻐합니다. 진심으로 기뻐하는 마음은 아무런 설명 없이도 전달됩니다. 진심은 힘이 셉니다. 그 진심이 신뢰를 만들고, 신뢰는 당신이 자신만의 잘됨을 이루게 해주는 오랜 친구가 되어줍니다. 타

인이 잘되는 과정을 진심으로 바라보고 배우고 기뻐해주는

당신이 되길 바랍니다.

13

덕후의 기질을 가진 자

가장 성공한 덕후. 내가 가장 자주 불리고, 가장 좋아하는 별명입니다. 줄여서 '성덕'이라는 단어로 적습니다.

덕후

: 일본어 오타쿠御宅를 한국식으로 발음한 '오덕후'의 줄임말로, 현재는 어떤 분야에 몰두해 전문가 이상의 열정과 흥미를 가지고 있는 사람이라는 긍정적인 의미로 사용된다.*

＊「덕후」시사상식사전, 박문각

나는 성덕에 속합니다. 내가 좋아하는 대상과 관련된 일을 하면서 그 분야에서 성공까지 했다는 뜻입니다. 상상만 하고 있던 일을 현실로 만들었다는 측면에서는 성공이라 할 수도 있겠습니다. 그리고 '좋아하는 것과 관련된 일을 하고 있는 사람'이라는 부분은 이의가 없습니다.

그러고 보니 궁금해졌습니다. 성덕이라 불리는 사람들에겐 어떤 유형이 있을까요? 성덕에 대한 의견과 자료들이 많지만 정리해서 나만의 분류를 해보았습니다. 다음 세 가지 타입으로 나눌 수 있을 것 같습니다.

① 즐덕(즐기는 덕후)
　　: 좋아하는 것을 평생 취미로만 즐긴다.

즐덕들은 즐거운 측면에 대해서만 집중할 수 있으며, 좋아하는 분야를 여러 방면으로 체험하고 맛보며 행복해할 수 있습니다. 역설적이지만, 가장 성공적인 덕후는 취미로만 즐길 수 있는 사람일지도 모릅니다. 이 '즐덕'들은 다양한 분야를 경험할 수 있고 장점만을 취하지만 이 같은 활동이 소득으로 연결되는 것은 아닙니다. 책 덕후 중 책에 대한 리뷰를 올리는 블로거나 읽은 책을 인스타그램에 소개하는 등 즐기는 데에 집중한 활동을 하는 경우라고 할 수 있습니다.

② 일덕(일하는 덕후)

: 좋아하는 분야와 관련된 직장에 다닌다.

일덕들은 좋아하는 분야에 대하여 상세히 알 수 있고, 해당 분야에 대해 깊은 이해도를 가질 수 있습니다. 물론 업무로 접하게 되는 만큼 어려운 지점과 어두운 측면도 경험하게 되겠지만 직접 최종적인 책임을 져야 하는 부담은 없습니다. '덕후계의 하이브리드'라고 할 수 있겠습니다. 도서 분야를 예로 들자면 출판사의 마케터나 북 디자이너 혹은 서점의 MD로 일하거나, 인쇄소의 직원이 되어 책을 만드는 과정에 참여하고 있는 경우가 되겠습니다.

③ 프덕(프로 덕후)

  : 좋아하는 일의 전문가가 된다.

프덕들은 좋아하는 분야가 어떤 체계를 가지고 있는지 가장 상세히 알 수 있습니다. 본인 스스로가 이 분야의 전문가로서 이 분야를 이끌어가는 상태가 되는 것입니다. 즐긴다는 표현보다는 이 일로 살아간다는 표현이 적당할 것 같습니다. 직접 책을 쓰는 작가, 출판사를 운영하는 발행인, 좋아하는 분야에 대해 직접 강연을 하는 강사, 헬스 트레이너, 회화 작가, 음악을 만드는 작곡가, 영화감독 등의 경우입니다.

종류를 굳이 나누어보았지만, 당신이 덕후의 기질을 가졌다면 위의 세 가지 어디에 해당하든 잘될 사람의 가능성을 이미 지니고 있다고 볼 수 있습니다. 잘된 사람들은 뚜렷한 방향성이 있습니다. 덕후는 자신이 좋아하는 것을 알고 그 좋음 위에 깊이를 더하는 사람들입니다. 〈포켓몬〉 게임을 좋아하는 덕후는 게임에 등장하는 캐릭터와 각 캐릭터가 가진 특성을 모두 외우고, 여기에 이해를 더하기 위해 일본어를 공부합니다. 이 사람은 언젠가 애니메이션과 굿즈까지 장르를 망라하며 일본 문화에 대한 식견이 넓어져 결국 게임 문화 산업에 대한 전문가가 될 수 있습니다. 같은 것을 좋아하는 사람들을 위해 매장을 내거나 캐릭터 상품을 만드는 회사에 들어갈 수도 있습니다.

당신이 무엇을 주로 보는지, 어디에 가고 싶은지, 무엇을 모으는지를 계속 관찰하고 이해하면 좋겠습니다. 덕후의 기질은 당신이 잘될 곳으로 가는 데에 효율 좋은 배터리가 되어줍니다. 흥미를 유지하고 지루해지는 고비를 지나, 모든 조각이 맞춰지는 그 마지막 단계를 경험하도록 이끄는 나침반이 됩니다.

14

긍정을 사용하는 자

나 오늘 너 넘는다

기자　　　2m39 1차 시기를 실패한 다음 '괜찮아'라고 했다. 그 말에 위안을 얻었단 사람이 많다.

우상혁　　경기 끝나고 친구들한테 온 '거수경례 대박' '괜찮아 대박'이라는 문자가 쏟아졌다. 경례는 알겠는데 '괜찮아'가 뭔가 했다. 나중에 영상을 보고 알았다. 경기에 몰입해 그 말을 했는지도 몰랐다.

기자　　　가지런한 이를 드러내고 환하게 씩 웃는 모습에 힐링 받는 사람이 많았다. 무슨 생각을 했나.

우상혁　　　장대한테 말을 걸었다. '네가 이기나 내가 이기나 보자. 근데 너 오늘은 나한테 안 되겠다. 낮네 낮아~. 나, 오늘 너 넘는다!' 아무리 올려도 그날은 높이가 똑같아 보였다. 그런 날이 있다.

기자　　　'레츠 고, 우Let's go, Woo' '점프 하이어Jump higher' '올라간다' 같은 주문을 쉬지 않고 읊는다.

우상혁　　　경기 때 혼잣말로 중얼중얼하면서 긴장을 푼다. 미국서 훈련할 때 친구들이 '레츠 고, 우' 하는데 소름이 싹 돋더라. 그때부터 그 구호를 쓴다. [*]

---

[*] 김미리, 「"장대야, 너 오늘 나 못 이기겠다!"…그날따라 땅이 저를 밀어줬죠」 조선일보, 2021년 8월 21일

2부 _ 잘된 사람의 특징

우상혁은 2020 도쿄올림픽 장대높이뛰기 스타입니다. 내가 장대높이뛰기 경기를 볼 줄도 몰랐지만 박수를 치면서까지 보고 있을 줄은 더욱 몰랐습니다. 이렇게 된 것은 입이 귀에 걸리는 커다랗고 환한 미소와 '괜찮아' 한마디 때문이었습니다. 장대를 넘는 경기 자체도 멋졌지만, 우상혁 선수가 날아오르기 전 가슴이 터질듯한 긴장감을 온몸으로 '흡수하는' 장면은 소름이 돋게 했습니다. 마치 무협 만화 속 주인공이 상대방의 기력을 흡수하는 듯 보였습니다.

아무도 모르는 비인기 종목의 육상 선수는 자신에게 끊임없이 넘을 수 있다는 이야기를 해줍니다. 자신의 경기를 한국에서 생중계하는지도 모른 채 카메라를 향해 커다란 미소를 지어 보냅니다. 그는 자신의 시간에 자신을 위한 긍정을 충분하고 적절히 사용했습니다.

잘된 사람은 스스로에게 긍정을 잘 사용합니다. 잘하고 있어. 이제부터 시작이야. 나는 좋은 사람이야. 오늘이 행복합니다. 노력하길 잘했어. 괜찮아. 다행이야. 이런 문장을 자신에게 사용합니다. 스스로를 얽매지 않고, 자신의 성장을 목격하면 그 자리에서 반드시 칭찬합니다. 다른 이들의 평가가 자신을 흔들도록 허용하지 않습니다. 긍정을 사용할 수 있다는 것은 불안의 마음을 건너뛰기 할 수 있다는 것과 같습니다. 장대높이뛰기를 하듯, 당신 스스로에게 향할지도 모르는 불안과 초조, 근심을 훌쩍 뛰어넘어 긍정의 문장 속으로 풍덩 뛰어들어야 합니다.

아무것도 하지 않고 긍정적인 마인드만 가지면 된다는 뜻이 결코 아닙니다. 두 발의 크기가 다른 짝발인 우상혁 선수가 그 단점을 극복하고 장대높이뛰기 선수가 되기로 결심하지 않았다면, 선수로 연습을 시작하지 않았다면 오늘의 성취는 없었을 것입니다. 아무것도 하지 않았다면 칭찬할 수 있는 것도 존재하지 않습니다. 당신이 잘되기 위해 결심하고 결심한 것을 실행하고 난 뒤라면 -그 결과가 어찌되었든- 도전했다는 사실, 그리고 한걸음 더 앞으로 딛기 위해 노력했던 그 시간을 칭찬해주세요. 당신은 당신의 목표를 향해 움직였고, 그것은 칭찬받아 마땅한 일입니다.

긍정은 당신이 마음대로 사용할 수 있는 도구입니다. 문장으로 단어로 태도로 표정으로, 당신은 자신으로부터 긍정이 넘쳐흐르게 할 수 있습니다. 그리고 당신에게서 넘쳐흐른 그 긍정의 빛은 당신의 주변을 환하게 채워 결국에는 당신을 찾는 사람에게 도달할 것입니다.

3부

잘되기 위해
당신이 당장
해야 할 일

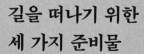

15

길을 떠나기 위한
세 가지 준비물

명절이 되면 가족과 함께 길을 떠납니다. 우리가 향하는 곳은 대한민국 최남단에 위치한 섬, 진도입니다. '보물섬'이라는 뜻을 지닌 진도는 우리나라에서 제주도, 거제도에 이어 세 번째로 큰 섬입니다. 가는 길이 험하여 조선시대에는 왕의 눈 밖에 난 고관대작의 귀양살이 터로 사용될 정도였으며, 일제 강점기와 해방 이후에도 경제적인 활동을 펼칠 대규모 공장지대 등의 산업 단지로 발전하지 못했습니다. 그러다 보니 진도는 오히려 있는 그대로의 자연이 가진 아름다움을 느낄 수 있는 곳이 되었습니다. 대략 450킬로미터의 거리를 자동차로 왕복해야 하기에 명절 기간에 진도에 가려면 모종의 다짐과 결심이 필요합니다. 언젠가 편도로만 12시간이 걸리는 기록적인 경험을 한 이후로는 최적의 루트를 정하는 일에 더욱 진심이 되었습니다.

진도를 가기 위해서는 내비게이션을 켜고 총 소요 시간을 확인하는 것이 가장 첫 단계입니다. 명절의 도로에서 처음 확인한 소요 시간이 지켜지기란 거의 불가능하므로, 가족은 모두 각각의 기기를 사용하여 다양한 코스를 검색하고 실시간으로 바뀌는 도로의 상태를 다양한 채널로부터 모니터 합니다. 국토교통부에서 서비스하는 실시간 도로 CCTV를 보고, 다른 도로 안내 애플리케이션을 함께 켜서 확인하며, 라디오 교통 방송도 참고합니다. 최단 시간 우선, 큰 도로 우선 등 검색의 기능이 확대되어 전보다는 다른 길을 찾는 것이 손쉬워졌습니다. 여기에 딱 하나만 더 추가할 수 있다면 나는 사용자들이 직접 설계한 루트별 시간을 검색하는 기능을 넣고 싶습니다. 자주 지나는 길은 누구나 자신만의 최단 코스가 있기 마련인데, 고속도로와 국도의 조합에 따라 도착 시간에 의미

있는 시간차가 나기도 하기 때문입니다(내비게이션 맵 제작사에 제안드립니다).

위와 같이 복잡하고 다양한 행동은 모두 다음의 세 가지를 결정한 이후에 시작됩니다. 첫째는 길을 떠나기로 결심한다. 둘째, 가지고 갈 것을 정한다. 그리고 마지막으로 내비게이션을 켠다.

잘되고 싶은 당신은 잘되기 위한 길을 떠나야 합니다. 그런데 길을 떠난다는 것은 그렇게 단순하지 않습니다. 떠나기 위해서는 위의 세 가지 절차를 모두 수행해야 합니다. 가장 먼저 가기로 결심해야 합니다. 마음이 준비되지 않으면 어떤 일도 일어나지 않습니다. '시작한다' 혹은 '떠난다'는 마음이 없이는 당신에게 아무것도 일어나지 않습니다. '발원發願'은 불교와 원불교에서 사용하는 용어로 어떠한 일을 바라고, 원하는 생각을 내는 것을 뜻합니다. 생각을 내는 것 즉, 마음을 정하는 것이 무엇을 시작하고자 하는 당신이 가장 먼저 준비할 것입니다. 당신은 잘되기로 결심할 수 있습니다. 당신이 지금 이 글을 읽고 있다는 것은 이미 결심을 반 이상 해내고 있다는 뜻입니다. 당신이 잘될 것이라는 것을 믿는 것. 그것이 당장 당신이 해야 할 일입니다.

이제 떠나기로 결심했다면 당신은 가지고 갈 것을 선택해야 합니다. 우리가 여행을 준비할 때 한없이 마음이 바빠지는 이유입니다. 정해진 곳으로 가기 위해서는 한정된 짐을 챙겨야 합니다. 집을 통째로 다 들고 간다면 걱정할 것이 없을 텐데 그중 일부만을 가지고 가야 하니 고려할 것이 많아집니다.

가져갈 것을 정한다는 것은 두고 갈 것을 정한다는 의미도 됩니다. 잘되는 길을 떠나기로 결심하는 것은 당신의 가장 빛나는 부분을 선택하고 당신의 단점을 두고 떠나는 일입니다. 당신이 자신 있게 해낼 수 있고 당신이 그 일을 통해 세상과 타인에게 도움이 될 수 있는 일을 찾아냈다는 뜻입니다. 무엇이든 다 해보겠다는 마음을 버리고 가장 쉽게, 가장 먼저,

당장 실제로 할 수 있는 것을 찾아내도록 해봅니다.

목적지는 이 모든 준비에 화룡점정을 찍습니다. 당신이 자신에게서 꺼내놓은 당장 해보면 좋을 일들 중에서 가장 마음에 들고 마음이 놓이는 하나를 선택합니다. 그리고 그곳으로 갈 내비게이션을 켭니다. 당신이 정한 목적지는 그동안 종이에 누워 있던 용이 그림을 벗어나 진짜 용이 되게 하고, 높은 하늘로 날아오를 수 있게 합니다. 당신의 목적지는 당신을 날아오르게 할 찬란한 눈동자가 되어줄 것입니다.

잘되고 싶은 당신은 잘되기를 선택하려고 여기에 있습니다. 잘되기 위한 길은 스스로 결정할 수 있습니다. 당신의 내비게이션을 켜 목적지를 적어 넣기만 하면 됩니다. 당신이 어디로 가야 하는지 알 수 있는 유일한 사람은 당신입니다. 당신이 결정한 곳으로 가는 길을 검색하고 길을 떠나면 됩니다.

당신은 길을 가는 동안 한눈팔거나 졸지 말고 깨어 있어야 합니다. 지금 가고 있는 길을 잘 살펴야 합니다. 길의 폭과 모양을 느끼고 바닥의 촉감을 살피며 길을 가는 동안, 당신의 곁에는 당신과 같은 길을 가기로 선택한 동료들이 하나둘 모여들 것입니다. 멋진 친구들이 길이 가득 찰 만큼 많아지면 당신은 상상하지 못할 즐거운 경험을 하게 될 것입니다.

잘되고 싶은 당신은

잘되기 위한 길을

떠나야 합니다.

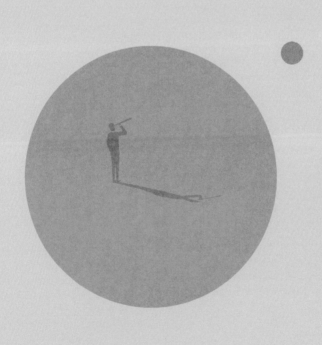

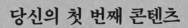

16

당신의 첫 번째 콘텐츠

문자 이전에 말이 있었습니다. 수렵 시대에도 사람들은 동물을 사냥하며 얻은 경험과 지식을 후손과 동료에게 전달하기를 원했을 것입니다. 1897년 에스파냐에서 발견된 알타미라동굴 벽화나 1940년 프랑스에서 발견된 라스코동굴 벽화는 문자가 사용되기 이전, 수렵 생활을 하는 인류의 모습을 그림으로 보여줍니다. 그렇게 정교한 그림을 그릴 수 있었으니 그림으로 충분히 의사 전달이 가능했을지도 모릅니다. 그런데 인류에겐 왜 문자가 필요했을까요? 문자는 그림에 비해 보다 정확한 정보를 먼 미래까지 전달할 수 있는 놀라운 발명품이기 때문입니다. 그리고 여기에 인쇄 기술이 발달하게 되면서 인류의 지식은 시간과 공간이라는 한계를 넘어 폭발하게 되었습니다.

잘되기로 결심하고 첫걸음을 시작한 당신은 인류가 벽화로 자신들이 사냥한 이야기를 전했듯 당신에 대한 정보를 다른 이에게 전달해야만 합니다. 당신이 어떤 사람인지, 어디에 살고 있는지, 어떤 특징을 가지고 있는지, 무엇에 관심이 많은지, 어떤 경험이 있는지, 무엇을 잘하는지. 당신은 수많은 정보를 가지고 있습니다. 그것은 잘될 사람을 찾는 사람에게 효율적으로 전달되어야 합니다.

당신에 대한 그 중요한 정보를 한 사람 한 사람에게 말로 전달한다는 것은 실로 어려운 일입니다. 그래서 당신의 정보를 상대가 받아들일 수 있는 형식으로 바꾸는 작업이 필요합니다. 당신이라는 미지의 대상을 찾는 상대에게 당신을 소개하는 글, 바로 이력서입니다.

인터넷이 사용되기 이전에는 종이 이력서를 인사 담당자에게 직접 제출하는 것이 일반적인 방식이었지만 지금은 대부분 채용 사이트를 이용합니다. 사이트에 이력서를 한 번 등록해두면 당신을 찾는 많은 회사에게 동시에 노출됩니다. 다수의 상대에게 간편하고 효율적인 방식으로 당신을 소개할 수 있는 시대가 된 것입니다. 이력서는 이렇게 당신을 찾는 사람들에게 당신을 설명해주는 가장 기초적인 자료입니다. 바라는 존재가 되고자 한다면, 바꾸어 말해 원하는 곳에서 원하는 일을 하고자 한다면 '이력서'를 통해 당신을 객관적으로 소개해야 합니다. 이력서는 가장 처음으로 준비해야 하는 당신만을 위한 콘텐츠입니다.

최신 버전의 이력서를 작성해봅니다. 구인·구직을 위한 애플리케이션과 프로그램이 많으니 주변에 추천도 받고 검색도 해본 후 가장 편하게 사용할 수 있는 것을 선택합니다. 가장 먼저 이름과 생년월일 등 쉽게 채울 수 있는 내용들을 채웁니다. 아르바이트 내용도 적어봅니다.

아직 경력이 전무한 경우에는 최종 학교와 관심사 혹은 교내 활동을 비롯한 업종에 관련된 경험을 적습니다. 과거 경력을 기술할 때에는 본인이 직접 수행한 업무를 적습니다. 여럿이 함께 진행한 것이라면 단체 내에서의 활동이라고 구체적으로 구분하는 편이 좋습니다.

이력서라는 양식 안에 삶을 잘라서 넣다 보면, 몇 년이라는 긴 시간이 단 한 줄로 요약되는 것을 경험하게 됩니다. 인생에서 처음으로 이력서를 쓰고 있다면 특히 자기소개서의 작성에 신경을 써봅니다. 지원하는 이유와 지원 분야에 대해 당신이 이해한 것을 적어보면 더 좋을 것입니다. 당신 자신이 하고 싶은 일과 그 동안의 관심사를 직업에 어떤 방식으로 연결할지를 고민하며 작성해봅니다.

당신이 꽤 많은 경력을 가졌으나 사이사이 공백이 많은 이력서를 가지고 있다면 이제부터 공백을 채우고 당신을 설명하는 것이 필요합니다. 앞으로 어떤 방향성을 보여주고 싶은지 집중합시다. 연 단위로 적어가는 형식이므로 당장 올해의 칸을 어떻게 채울지 고민해봅니다.

관심 있는 기업과 관련한 자원봉사를 하거나 제품 평가단에 참여하는 등, 조금 난이도가 낮은 일이라도 업무에 대한 당신의 관심을 표현하고 당신이 잘할 수 있는 업무임을 암시하도록 구성해봅니다. 인스타그램이나 페이스북, 틱톡 등 sns에는 많은 기업이 누구나 참여할 수 있는 각종 캠페인을 열고 있으니 힘껏 손을 내밀어보면 좋겠습니다.

이력서는 당신이 원하는 만큼 끝없이 길어질 수 있습니다. 지금 비워져 있는 곳과 이미 지나온 곳은 단지 거기에 있을 뿐입니다. 지나온 곳이 당신을 지배하도록 두지 말고 다음에 집중하는 것이 필요합니다. 지금 여기에 있는 것은 오늘의 당신이기 때문입니다.

17

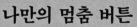

나만의 멈춤 버튼

출근길에 뜨거운 열기가 느껴질 때면 이상하게 뭉게구름이 떠오릅니다. 구름은 보통 생성되는 높이를 기준으로 10가지 종류로 나뉘는데, 낮은 구름인 층운부터 바로 위 고적운, 고층운 그리고 높은 곳에 형성되는 새털구름 권운까지 각자 다른 모양을 가지고 있습니다. 내가 좋아하는 뭉게구름은 적운으로 구분되는데 수직으로 발달하여 엎어놓은 종 모양으로 봉긋 솟은 형태를 가졌습니다. 비 온 후 맑게 갠 하늘에 솟아오르는 하얀 산처럼 보입니다. 처음 학교에서 구름이 높이에 따라 저렇게 다르다는 것을 배우고서 무척 재미있어서 진심으로 감탄했던 기억이 떠오릅니다. 대기 중의 물방울이 높이에 따라 저렇게나 아름다운 모양을 만들 수 있다는 것이, 그리고 계속 모양을 바꿔나간다는 것이 신기하고 또한 신비했습니다.

구름 속의 물 입자는 같은 형태로 머물지 않습니다. 물방울이 움직이며 크기와 온도와 형태가 계속 달라집니다. 수증기는 물이 되기도 하고 얼음 결정이 되기도 합니다. 검은 비구름이 하얗고 복슬거리는 뭉게구름이 되었다가 더 높이 오르고 올라 새털처럼 흩날립니다. 당신의 모습도 이와 같습니다. 구름 속에서 계속 흔들리고 떨어지고 다시 솟아오르기를 반복합니다. 무엇이든 될 수 있기에 무엇도 될 수 없을까 하여 불안합니다. 불안이 우리를 종종 거세게 덮쳐옵니다. 이럴 땐 멈춤 버튼이 필요합니다. 누르기만 하면 나의 걱정이 3분간 사라지게 해줄 마법의 버튼.

멈춤 버튼으로 가장 좋은 것, 음악입니다.

어제의 찌꺼기를 탈탈 털고 오늘 새로 만든 상쾌한 오렌지 주스를 부어주는 일은 마음에도 필요합니다. 그 역할은 음악이 가장 잘할 수 있습니다. 당신이 가장 좋아하는 곡을 하나 고릅니다. 누구에겐 서태지의 창조적인 음악이, 누구에겐 유재하, 스팅, 제이슨 므라즈의 감성적인 멜로디가, 누구에겐 임영웅의 섬세한 음색이, 누구에겐 방탄소년단의 활기찬 리듬이 가장 아름답습니다. 그 곡을 당신을 멈추게 할, 다시 힘을 북돋아줄 음악으로 결정합니다. 당신이 가장 힘든 순간에 이 곡을 흥얼거려봅니다. 생각을 그 자리에 잠깐 멈추게 해주는 버튼을 누르고 이 곡이 끝날 때까지 곡의 멜로디와 가사에만 집중합니다.

어제를 기억하지만 어제의 당신은 없습니다. 지금 현재의 당신만이 바로 이 시간 안에 존재합니다. 당신이 어제 무엇을 하지 못했고 무엇에 실망했든 그것은 지나갔습니다. 지금의 당신은 무엇도 가능하고 무엇도 될 수 있습니다. 잘될 사람은 사실에 집중합니다. 걱정에 집중하지 않습니다. 언제나 내가 원할 때 누를 수 있는 잠시 멈춤 버튼을 장착하고 당신의 걱정과 불안을 마주했으면 좋겠습니다. 당신이 무엇이든 될 수 있다는 것을 굳게 진심으로 믿어주었으면 좋겠습니다.

지금의 당신은 무엇도 가능하고

무엇도 될 수 있습니다.

잘될 사람은 사실에 집중합니다.

걱정에 집중하지 않습니다.

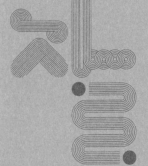

18

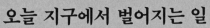

오늘 지구에서 벌어지는 일

새벽과 아침은 하루의 출발을 준비하는 전투의 시간입니다. 가족 구성원의 수가 많을수록 집 안의 혼잡도가 제곱으로 높아집니다. 마찬가지로 아침 뉴스도 굵은 글씨로 요약된 헤드라인으로 가득합니다. 간밤에 미국과 유럽에서 벌어진 사건·사고나 증시의 변화를 비롯하여, 어제 일어났던 한국의 주요 뉴스와 오늘 예정된 일을 보도하는 기사들이 뒤섞여 화면을 채웁니다. 각종 금융 지표와 그래프와 함께 뉴스 화면 속 파랗고 빨간 단어들이 폭죽처럼 번쩍이며 흐릿한 정신을 깨워줍니다.

지구 반대편에서 발생하는 일이 나와 무슨 상관인가 싶었는데, 주유소에서 카드를 꺼내는 손이 덜덜 떨립니다. 그렇게 사랑하는 삼겹살과 맥주를 이제 당분간 끊어야 할지도 모릅니다. 이자가 치솟아 매월 내던 것보다 더 많은 금액이 통장에서 빠져나갑니다. 학원을 다시 등록해야 하는데 한숨이 절로 납니다.

당신은 왜 이런 일이 일어나는지 이해해야 합니다. 잘된다는 것은 당신이 어제보다 나은 위치로 어제보다 만족스러운 상황으로 나아간다는 의미입니다. 그러므로 잘되고 싶은 당신은 무엇이 얼마만큼 당신의 생활에 영향을 끼치는지, 왜 그러한지, 앞으로 어떻게 될 것인지 알도록 노력해야 합니다. 당신이 살아가는 지구에서 벌어지는 일에 관심을 가져야만 합니다.

19세기 이전의 사회는 지금보다 인구의 이동이 현저히 적었고, 각 대륙에서 살아가는 사람들의 생활도 판이하게 달

랐으므로 그들에게 관심을 가지지 않아도 살아가는 데 문제가 없거나 적었습니다. 그러나 지금은 다릅니다. 비행기를 타도 가는 데에 10시간 넘게 걸리는 먼 나라가 전쟁을 시작하면, 지구 반대편의 국가가 자연재해를 맞으면, 그 모든 영향이 지구의 거의 모든 국가와 도시에 즉각적으로 나타납니다.

아침 뉴스는 그러한 변화를 가장 간단한 한 문장으로 요약하여 전달합니다. 반드시 전달해야 하는 내용만을 압축하는 것이지요. 그 뉴스들 중에서 10개를 선택하여 노트에 적어봅니다. 그렇게 매일 적어봅니다. 당신은 가장 간단한 문장으로 지구에서 벌어지는 일을 알 수 있습니다. 관심 있는 분야의 새로운 소식만 적어보는 것도 좋습니다. 게임을 좋아한다면 게임과 관련된 기사만 적어봅니다. 당신이 매일 노트에 10개의 뉴스 기사를 적는다면 1년 후 당신의 노트에는 3,650개의 기사 헤드라인이 적혀 있을 것입니다. 이 얼마나 엄청난 일인가요? 당신은 꾸준히 헤드라인을 골라 적었을 뿐인데 세상에 대한 상식, 산업의 흐름, 그리고 내가 좋아하는 분야에 대한 전문가 못지않은 견해까지 한 번에 얻게 됩니다. 눈으로 보던 정보가 내 손을 타고 지식으로 적히면서 나만의 지식으로 변화합니다.

여기에서 한걸음 더 나아갈 수도 있습니다. 매일 노트를 채워가다 보면 자연스럽게 모르는 단어와 마주칩니다. 모르는 것은 대부분 어떤 분야에서만 주로 사용하는 '용어'일 때가 많습니다. 모르는 용어를 찾아보는 습관이 도움이 됩니다. 어제 내가 찾아본 단어는 '베어 마켓bear market'입니다. '불 마켓bull market'이라는 단어도 따라 나옵니다.

베어 마켓Bear Market

: 곰은 싸울 때 아래로 내려 찍는 자세를 취한다는 데 빗대 하락장을 베어 마켓Bear market이라 부른다. 이에 반해 황소는 싸울 때 뿔을 위로 치받는다 하여 상승장을 불 마켓Bull market이라 부른다.[*]

---

[*] 「베어 마켓」, 시사경제용어사전, 기획재정부

이렇게 하나를 찾으면 다른 단어가 마치 거울처럼 반대편 지점을 알려주는 경우도 많습니다. 그러면 한 단어를 알게 되면서 동시에 반대되는 뜻을 가진 단어도 습득할 수 있습니다. 진정한 일석이조의 효과입니다. 이렇게 하루에 한 개의 단어를 찾아보고 휴대전화 메모장 애플리케이션에 나만의 용어 사전을 만들어 차곡차곡 저장합니다. 그러다 보면 나만의 사전이 탄생합니다.

매일 쌓아둔 당신의 관심과 노력은 당신이 가고 싶은 그 길을 만났을 때 아무것도 하지 않은 사람과의 차이를 극명하게 보여줄 것입니다. 쌓아두는 일은 귀찮고 사소하기에 어렵습니다.

매일 러닝을 하는 것이 그렇듯 겉으로는 전혀 차이가 없습니다. 그러나 어디론가 내가 가고 싶은 만큼 달려야 할 때가 오면 그 매일의 기록이 강력한 무기가 되어 나를 그 목표 지점까지 갈 수 있게 해줍니다.

오늘 밤이 지나면 또 새로운 소식이 시끄럽게 아침을 깨울 것입니다. 그리고 당신은 그 아침에 또 하나의 단어를 알게 될 것입니다. 단어는 세계를 열어줍니다. 한 개의 단어를 통해, 10개의 짧은 문장을 통해 기초 체력을 든든히 쌓아갈 수 있습니다.

잘되고 싶은 당신은 무엇이 얼마만큼

당신의 생활에 영향을 끼치는지,

왜 그러한지, 앞으로 어떻게 될 것인지

알도록 노력해야 합니다.

19

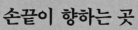

손끝이 향하는 곳

화보를 찍는 현장은 과거에도 지금도 생기가 넘칩니다.

신입 사원이었을 당시 내가 일하던 S전자의 국내 영업 본부 광고팀은 제품의 판매가 급상승 커브를 그리고 브랜드의 인지도가 놀랄 정도로 커지는 시기를 맞이했습니다. 대한민국에서 모르는 사람이 하나도 없는 제품들이 속속 탄생하고 뜨거운 인기몰이를 시작하던 시기였습니다. 매출이 최대치를 경신하자 우리 팀에는 놀라운 기회가 새로 주어졌습니다. 국내에서 가능하다고 생각되는 모든 매체에 모든 형태의 광고를 시도해볼 수 있는 기회가 온 것입니다. 여러 가지 광고

중에서도, 화보는 비교적 적은 비용으로 각기 다른 타깃에게 어필 하는 제작물을 만들 수 있는 홍보 수단이었습니다. 자연히 다양한 아이디어를 담은 제안이 미처 다 검토할 수 없을 정도로 넘치곤 했습니다.

제작 현장은 실무진의 영역이었으므로, 나의 주말은 떠지지 않는 눈꺼풀을 들어올리고 촬영장을 향하는 것으로 채워지곤 했습니다. 그러나 국내 최대의 광고주님으로 일하는 것은 쏟아지는 코피를 보상하는 반대급부도 있는 법이어서, 대한민국 최고의 배우나 가수 그리고 모델을 현장에서 가까이 볼 수 있었습니다. 게다가 광고주로서 제품에 대한 사용 방법을 설명하거나 중점 촬영할 기능을 시연하며 이들과 개인적인 대화도 할 수 있었던 것입니다!

제품 중심의 화보는 모델이 제품을 잘 활용해서 찍어야 했으므로 제품의 크기와 기능 그리고 보여야 하는 제품의 각도까지 고려해서 작업해야 했습니다. 그러나 포토그래퍼는 화면의 전체적인 구도에 집중할 뿐 정작 주인공인 제품을 배경처럼 생각하기 일쑤였습니다. 이런 현장에서 나의 역할은 제품과 모델 사이의 균형을 잡는 일이었습니다. 처음에 어색했던 컷들은 나와 모델과의 소통이 잘될수록 나아졌습니다. 제품을 잡는 자세와 사용하는 방법이 익숙해지면서 점점 노련하고 안정된 컷으로 변해갔습니다. 촬영을 마칠 때쯤이면 더 이상 광고주와 모델이 아닌, 서로를 도우며 한 작품을 함께한 동료가 되어 있었습니다.

한 해에만 20명 이상의 톱스타를 광고 모델로 계약하고 그들과 함께 내가 판매하는 제품에 집중하며 촬영을 해나가던 경험은 아주 강렬했습니다. 그리고 그 경험은 이후 지금까지 미디어와 연예인 그리고 창작자와 함께 살고 있는 나의 긴 커리어의 시작이 되었습니다.

오랫동안 화보를 찍는 현장을 함께하며 알게 된 비밀이 있습니다. 화보를 잘 찍는다는 일명 '화보 장인'은 무엇을 잘하기에 그렇게 멋진 사진을 찍는 것일까요?

화보 장인이라 불리는 사람들은 사진을 찍는 사람이 무엇을 담으려고 하는지 알고 싶어합니다. 내가 찍었던 제품 화보의 경우, 자신보다 제품이 주인공이어야 한다는 사실을 이해하는 모델도 있었고, 알고 싶어 하지 않는 모델도 있었습니다. 자신이 돋보이기보다 제품의 어떤 모습이 잘 표현되어야 하는지에 집중하는 모델이 더 좋은 결과물을 내는 것은 말할 필요가 없습니다. 그렇게 성공적인 조화를 만들어낸 컷들은 광고주도 포토그래퍼도 만족합니다. 그 모델이 이후로도 더 많은 화보를 찍게 되는 것 역시 어쩌면 당연한 일입니다.

화보 장인들은 표현해야 하는 것에 자신을 내어줍니다. 자신이 아니라 자신을 이용하는 상대가 일을 더 잘해내길 바랍니다. 포즈를 잡는 몸짓이나 카메라를 바라보는 시선이 핵심이 아닙니다. 더 멋진 사진을 만드는 것은 화보 현장을 이해하는 마음 그리고 자신을 내려놓고 표현해야 하는 메시지나 제품을 돋보이게 하려는 자세입니다. 좋은 장면을 위해 손끝을 어디로 향할지 미세하게 조정하는 그 섬세함이 모델을 더욱 돋보이게 합니다.

당신이 잘되려는 마음을 가진 곳에는 항상 누군가가 있습니다. 그 상대가 당신을 잘되게 해줍니다. 일류 포토그래퍼는 일류 모델이 될 사람을 알아봅니다. 상대를 위해 자신이 가진 욕심을 내려놓고 상대와의 합을 맞추려는 마음은 흔하지 않기 때문입니다.

당신이 지금 있는 그곳에서 당신은 주변 사람들에게 무엇을 해줄 수 있을까요? 그것을 적어봅니다. 사소한 것이라도 좋습니다. 행동으로 옮길 수 있는 것이라면 무엇이든 가능합니다. 당신으로 인해 상대가 보다 나은 결과를 가지게 될수록 당신은 상대에게 중요한 사람이 됩니다. 당신으로 인해 당신의 회사가 보다 좋은 평가를 받게 된다면 당신은 회사에서 중요한 직원이 됩니다. 당신이 감독의 마음을 잘 이해하고 상대

배우를 배려하여 연기하면 상대 배우나 감독은 당신을 인상 깊게 기억하게 됩니다. 그리고 그 기억이 당신의 다음 배역을 불러옵니다.

지금 당신이 학생이든, 직장인이든, 주부이든, 자영업자이든, 은퇴 이후를 설계하는 사람이든 이 원리는 동일하게 적용됩니다. 당신이 영향을 미칠 수 있는 상대에게 당신이 어떤 역할을 해주고 있다면, 그 역할이 커지면 커질수록 당신은 그에게 반드시 필요한 사람이 됩니다.

당신이 영향을 미칠 수 있는 상대에게

당신이 어떤 역할을 해주고 있다면,

그 역할이 커지면 커질수록

당신은 그에게 반드시

필요한 사람이 됩니다.

20

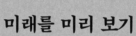

미래를 미리 보기

당신의 벽에는 지금 무엇이 붙어 있습니까?

지금 내 사무실 의자 바로 뒤에는 별들로 가득한 우리 은하 이미지가 붙어 있습니다. 'You are here'이라는 문장과 함께, 우리 은하 어디쯤에 지구가 있는지 작은 표시가 있고 우주에서 내려다본 지구의 이미지가 있습니다. 테슬라로 알려진 일론 머스크의 '스페이스X'와 아마존의 제프 베이조스가 설립한 '블루 오리진'이 격돌하는 우주선 경쟁은 나의 뜨거운 관심사 중의 하나입니다. 우리나라에서는 놀랍도록 적은 비용을 사용하고도 발사체 '누리호'를 개발해 발사에 성공했지요.

참으로 많은 것들이 우리가 지내는 방과 사무실의 벽을 장식하곤 합니다. 영국의 4인조 그룹의 리더가 생애 첫 번째로 가져본 기타를 들고 웃는 모습이나, 성냥개비를 물고 있는 홍콩의 영화배우, 가고 싶은 대학 정문의 모습이 담긴 사진, 뉴욕과 런던과 시드니로 이어진 여행지의 주요 건물들 사진, 다음 달로 예정된 출장지의 지도, 그리고 태어날 아이가 닮았으면 하여 붙여놓은 아름다운 아기들이 활짝 웃는 사진까지. 당신이 지나는 인생의 타임라인 위에서 당신이 가장 바라는 것들이 그 벽에 붙어 당신을 봅니다. 당신이 좋아하고 원하는 것이기에 그것을 바라보는 눈동자도 흐뭇하게 빛납니다.

당신과 내가 이미 여러 번 해왔던 이 행동을 잘되기 위한 행동으로 바꿔볼 수 있습니다.

당신이 잘되고 싶은 일이 담긴 그림 혹은 사진–'당신의 잘될 그림'이라 부릅니다.–을 책상 앞 벽에 붙여봅니다. 자주 여닫는 냉장고 문에도 붙입니다. 가고 싶은 회사의 이름, 따고 싶은 자격증, 가장 존경하는 사람의 얼굴, 가장 사고 싶은 아파트 등 당신이 다가가고자 하는 것에 가장 가까운 구체적인 사진이나 단어를 붙입니다. 마음의 생각을 실제처럼 세세히 그려보라는 심상화心象畵 기법과도 일맥상통합니다.

그리고 당신은 이제 여기에 하나를 더합니다. 머리에 떠올리는 것은 직접 경험한 것의 강도를 절대 따라가지 못하므로 만일 당신이 원하는 것이 손에 닿는 곳에 있다면 직접 그 현장을 체험하기로 합니다. 당신은 보고 싶은 배우나 아이돌을 보기 위해 방송국 앞에 줄을 서본 적이 있을 것입니다. 유명 뮤지션의 콘서트에 가기 위해서, 축구 스타를 보기 위해 축구 경기장에서 줄 서서 표를 구입해본 적이 있을 것입니다. 현장의 살아 있는 느낌은 결코 잊히지 않습니다. 그만큼 강력하게 당신을 이끕니다.

근무하고 싶은 회사가 있다면 그 회사의 본사 로비에 가봅니다. 가장 많은 이들의 움직임을 지켜볼 수 있는 출퇴근 시간을 선택하길 추천합니다. 로비 가운데에 서서 들어가고 나가는 임직원들의 모습을 지켜봅니다. 꼭 만나고 싶은 연주자가 있다면 표를 구하지 못했더라도 공연장에 가봅니다. 그리고 사방에 포스터가 붙은 공연장을 온몸의 감각을 활짝 열고 느껴봅니다. 기관사가 되고 싶다면 서울역 승강장에 서서 선로들이 차례로 채워지고 비워지는 현장을 지켜봅니다.

공간은 당신의 무의식에 말을 겁니다. 공간은 당신이 원하는 것을 말하게 하고, 당신으로 하여금 잊지 않게 하는 방법을 찾아 실행합니다. 내 시선이 자주 닿는 공간을 내 마음이 바라는 이미지로 채우는 일은 당신에게 무한한 에너지를 공급합니다. 직접 걸어본 회사 로비의 향기와 온도, 스쳐가는 직원들의 움직임을 기억해봅니다. 달려오는 열차의 숨 가쁜 호흡을 기억해봅니다. 생생한 느낌이 전해오는 만큼 당신은 바라는 미래에 더 빠르게, 더 선명하게 다가갈 수 있습니다. 당신은 미래를 미리 보기 할 수 있습니다. 당신이 간절히 닿기를 바라는 대상을 이미 보고, 체험하고 있기 때문입니다.

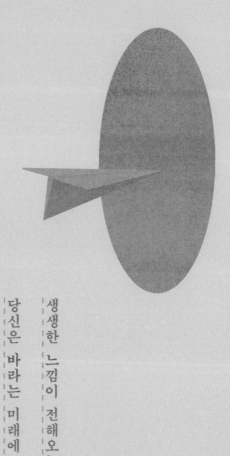

생생한 느낌이 전해오는 만큼

당신은 바라는 미래에

더 빠르게, 더 선명하게

다가갈 수 있습니다.

21

배수진과 감시자

"배수진이 뭐예요?"라는 질문에 드라마 대본을 읽던 내가 떠올린 이름은 '계백 장군'이었습니다. 서기 660년 음력 7월, 백제의 5천 결사대는 신라와 당나라의 나당 연합군 5만을 대적하게 됩니다. 우리가 황산벌 전투로 알고 있는 그 처절한 전투에서 계백은 사망하고 백제는 결국 패배합니다. 그 전투에 임하기 직전 계백은 자신의 가족이 후에 포로가 될 것을 예감하고 가족을 모두 칼로 베었습니다. 매우 극단적인 방법이지만, 어쨌든 그는 자신이 물러날 곳을 자신의 손으로 없앤 것입니다.

배수진背水陣은 '물을 등지고 진陣을 친다'는 의미로, 등뒤에 물을 두어 달아날 곳이 없게 함으로써 목숨을 걸고 싸우도록 하는 전법입니다. 이 말은 중국 한나라의 명장 한신韓信이 조나라와의 전투에서 강을 등지고 결사항쟁을 한 것에서 유래되었습니다. 당시 한신은 전투 경험이 없는 군사들을 이끌고 있었는데, 달아날 곳이 없는 곳에 진을 쳐서 군사들이 죽기 아니면 살기로 마음먹도록 만들었습니다. 승리를 예측하기 힘든 상황에서 승리의 확률을 높이기 위해 극단적인 방법을 선택했던 것입니다.

실행해야 할 것이 무엇인지 아는 것과 그것을 반드시 실행하고야 마는 것은 전혀 다른 일입니다. 그렇기 때문에 당신에게 '배수진'의 전법이 필요해집니다. 잘되려는 마음이 흐트러지지 않도록 당신을 다잡을 방법이 필요합니다. 당신이 계속 실행하지 않을 수 없는 방법을 생각해봅니다.

사람은 나약한 존재입니다. 아무리 간절한 목표를 세웠

어도 3일 안에 나태해집니다. 야식을 먹지 않기로 해놓고도 하필 배고플 때 스쳐가는 배달 오토바이의 치킨 냄새에 결국 배달 애플리케이션을 켭니다. '딱 하루만, 내일부터' 이 말들이 오늘의 나를 무너뜨리도록 허용합니다.

그래서 조력자가 필요합니다. 당신을 한 땀 한 땀 지켜보고 감시해줄 감시자를 임명합니다. 오랫동안 당신을 지켜보았던 절친이나 가장 가까운 가족 중에서 당신에게 일정 기간 집중해줄 수 있는 사람을 신중하게 선정합니다. 혼자가 아니라 팀이 되어 팀으로서의 약속을 공언합니다. 당신이 무엇을 해낼 계획인지 알고 있는 사람이 생기도록 합니다. 주변의 모든 사람에게 공언할 수도 있습니다. 당신이 달아날 곳이 없도록 하는 것입니다. 당신이 한 결심과 행동을 지키지 않으면 받을 페널티나 달성하면 받을 상을 설정합니다. 달성에 필요한 기간을 작게 나눌수록 달성이 쉬워집니다. 달성은 쉽게, 포기하기엔 아깝게 플랜을 구성합니다.

당신의 감시자는 당신을 위한 배수진이 됩니다. 당신의 마음이 흐트러지면 그가 당신을 지켜보는 시선이 실망으로 가득 찰 것입니다. 마음의 알람이 울리도록, 당신을 바라보는 친구로부터 존경의 시선을 받을 수 있도록 행동해봅시다. 당신을 위한 강력한 배수진이 당신을 등뒤에서 힘껏 밀어줄 것입니다.

실행해야 할 것이 무엇인지 아는 것과

그것을 반드시 실행하고야 마는 것은

전혀 다른 일입니다. 그렇기 때문에

당신에게 '배수진'의 전법이 필요해집니다.

22

기록의 마법

20대 초반까지 쓴 일기장을 가지고 있습니다. 가장 처음 쓴 일기는 초등학교 3학년, 10살 때 쓴 글입니다. 지금 읽으면 너털웃음이 나지만 당시는 꽤 심각한 마음으로 적은 글들도 있습니다. 기록된 글은 과거의 나를 보여줍니다. 그 시간에 존재했던 사건 속에 나의 감정과 생각을 글로 가두어두었기 때문입니다. 내가 만든 나만의 타임캡슐입니다.

당신이 잘되기로 결심했다면 그 시작을 기록하길 권합니다. 종이는 기억력이 좋습니다. 그리고 입이 무겁습니다. 기록은 당신에게 많은 것을 줍니다.

① 기록이 당신에게 주는 것

기록은 기억을 구체화해줍니다. 밤이 되어 오늘 하루를 떠올려보면 상세한 내용이 모두 기억나지만 일주일 전, 한 달 전처럼 시간이 멀어질수록 확실히 기억하기 어려워집니다. 기록은 사실이 왜곡되는 것도 방지해줍니다. 타인과 함께 같은 기억을 더듬다 보면 같은 일이라도 사뭇 다르게 기억할 수 있다는 것을 알게 됩니다.

기록을 하다 보면 당신의 사고와 행동이 어떻게 일어나는지 알 수 있습니다. 당신이 무의식 중에 같은 패턴의 사고나 행동을 얼마나 자주 반복하고 있는지도 알게 됩니다. 또 잘한 것을 기억하게 하여 자신감을 불러옵니다. 당신의 유능함을 구체적으로 인지하도록 해줍니다.

기록의 많은 부분은 당신에 대한 다른 사람들의 반응으로 채워질 것입니다. 따라서 당신은 기록을 점검하며 타인의 반응을 알거나 다른 사람이 무엇을 중시하는지를 깨달을 수 있습니다. 잘되는 활동은 타인과의 협력을 통해 이루어집니다. 당신이 원활한 상호작용을 해냈을 때 당신의 잘될 가능성도 보다 높아질 것입니다.

② 기록이 잘 키울 사람에게 주는 것

기록은 당신에게만 필요한 것이 아닙니다. 당신을 발견하고 찾아낼 사람에게도 필요합니다. 당신을 발견할 사람은 당신의 가능성을 알아야 합니다. 당신을 판단해야 합니다. 기록은 여기서 빛을 발합니다. 기록은 당신에 대한 이해의 폭을 넓혀주고 당신과 함께해야 할 이유를 빠르게 알 수 있도록 해줍니다.

기록은 당신이 그때까지 가지고 있었던 지식과 기술과 열정의 크기를 가늠하게 해줍니다. 자격증과 졸업장이 아니어도, 당신이 10년 동안 기록한 500편의 영화에 대한 리뷰는 당신이 어떤 감독과 어떤 장르에 특화되어 있는지를 상대에게 설명할 수 있습니다. 당신이 배우 지망생이어서 아직 혼자 연습만 하고 있다고 해도, 친구들과 촬영한 5분짜리 드라마 30편은 당신이 얼마나 성실한지, 연기라는 직업을 어떻게 대하고 있는지를 보여줄 수 있습니다. 각각의 캐릭터를 연기하며 당신이 대본에 남겨놓은 역할에 대한 메모들은 잘 키울 사람으로 하여금 당신을 어디로 데려가야 할지 빠르게 판단하도록 도와줄 것입니다.

③ 어떻게 기록할 것인가

종이에 펜으로 기록하던 전통적인 방식은 아직도 유효합니다. 별도의 노트를 사용하여, 일정이나 학습 등 다른 내용과 섞이지 않도록 분리하여 기록할 수 있다면 좋겠습니다. 당신이 잘되고 싶은 것을 선정하고 점점 더 그렇게 되어가는 과정을 처음부터 세세히 기록하길 바랍니다. 전자 디바이스가 익숙한 분들이라면 새로운 파일이나 계정을 만들어봅니다.

나의 일상이 아닌 별도의 테마를 가진 독립된 계정을 새로 생성하고 일정한 형식을 정해 업데이트합니다. 팔로워를 의식하지 말고 자신에게 집중하는 공간이 되도록 합니다. 시간이 지나도 이 기간 동안 무엇을 했는지 당신 스스로 확인할 수 있는 형태로 만듭니다. 그리고 당신이 하루하루 만들어낸 성과를 적어봅니다.

이러한 기록들이 모이면 역사가 됩니다. 역사란 대체로 그 시대에 큰 영향력을 가졌던 인물들이 남긴 기록의 모음집입니다. 무한히 많은 당신들이 남긴 기록이 모여 하나의 경향이 되고, 그러한 경향이 모여 트렌드가 됩니다. 트렌드로 불리던 일이 누구도 거스를 수 없는 흐름으로 확정되면 그것은 이제 역사가 됩니다. 당신의 기록은 언젠가 다음 사람에게 자료로 활용될 수 있습니다. 하나의 과정에 참여한 각기 다른 역할의 참여자들이 함께 깊은 이해에 도달할 때, 성장이 이루어지는 것 같습니다. 당신과 내가 공동의 구축자가 되어 놀라운 세계를 탄생시킬 수도 있겠습니다.

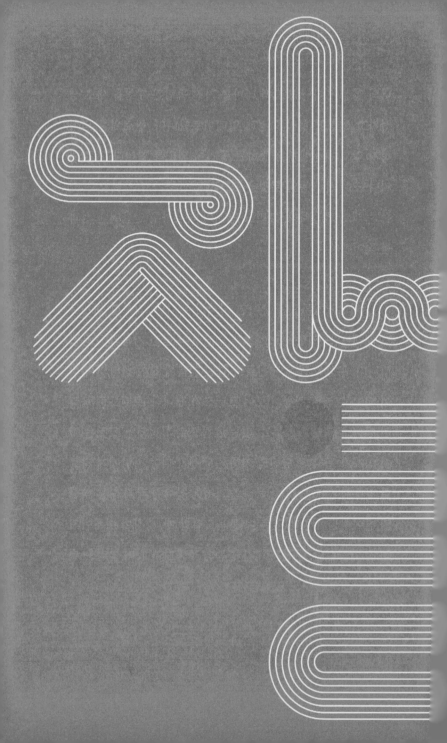

4부

잘 기울 사람이
당신을 만나면

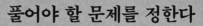

23

풀어야 할 문제를 정한다

인스타그램에 몇 개의 계정을 운영하고 있습니다. 대표 계정은 '읽은 책 계정'입니다. 읽은 책을 또 사거나, 읽었던 책의 제목과 저자가 머릿속에서 마구 섞이는 일을 몇 번 경험한 뒤로 시작하게 되었습니다. 내가 읽은 책을 위한 모바일 도서관인 셈입니다. 요즘은 책과 함께 셀카를 찍어 올리기도 합니다. 책을 들고 셀카를 찍으면 표지에 적힌 제목의 좌우가 바뀝니다. 그래서 사진을 사진첩에서 확인하고 사진의 좌우가 바뀌도록 편집합니다. 그러면 얼굴도 따라서 좌우가 바뀌게 됩니다. 같은 얼굴이지만 무언가 살짝 어색합니다. 그 어색한 얼굴이 다른 사람이 보는 당신의 얼굴입니다.

사람은 자신을 객관적으로 바라보기 어렵습니다. 타인의 경우라면 쉽게 판단할 수 있는 일인데도 나 자신이 그 자리에 놓이는 순간 다른 요소가 작용합니다. 판단해야 할 일과 전혀 상관이 없는 사정과 이유와 오랫동안 쌓여온 해묵은 감정이 울컥 등장합니다. 우리가 법률적인 문제에 부딪혔을 때 변호사를 선임하는 이유입니다. 나의 입장을 알면서도 상대를 설득할 수 있는 객관적인 논리를 가진 사람이어야 문제를 해결할 수 있습니다.

당신이 잘되기 위해서도 당신의 잘될 이유를 객관적으로 설명할 누군가가 필요합니다. 잘 키울 사람이 당신을 만나서 가장 먼저 하는 일은 잘될 부분을 한정하는 것입니다. 잘될 부분이 어디인지 범위를 좁히고 그 부분만을 위해 일하기로 결정합니다. 모든 것을 잘하는 사람은 아무것도 잘하지 못하는 사람과 똑같은 사람입니다. 잘 키울 사람은 성과를 낼 수 있는 부분을 제한하고 그 부분만을 위해 당신과 일하기로 결정합니다.

잘된다는 것은 누군가의 문제를 해결해줄 때 증명됩니다. 상대가 가진 불편함을 가장 잘 해결해주는 사람이 가장 유명하고 우수한 사람이 됩니다. 잘 키울 사람들은 당신이 가진 능력이 어떤 문제를 해결할 수 있는지 검토합니다. 어떤 사람에게, 어떤 기업에게, 어떤 국가에게 당신이 가진 특성이 작용하여 가장 놀라운 결과를 낼 수 있을지를 생각합니다. 아무 문제나 풀지 않고 당신이 풀어야 할 문제만을 골라냅니다. 당신이 가장 잘 풀 수 있는 문제를 찾아내는 일, 잘 키울 사람이 가장 잘하는 일입니다.

24

분류하고, 확인하고, 학습하고

도로에서 가로등이 팟 하고 켜지는 순간을 좋아합니다. 낮과 밤이 하이파이브를 하는 것 같습니다. '이제부터 밤이 시작되는 거야' 하는 신호 같습니다. 자동차들이 점점 도로로 몰려나오고 빨간 불빛들이 도로에 가득 차기 시작할 것이라는 사인이기도 합니다. 일주일에 7일 운전대를 잡는 내게, 막히는 길 위에서도 위안을 주는 아름다운 순간입니다. 차가 밀리기 시작하면 앞에 있는 차량들을 종류별로 나눠보는 습관이 생겼습니다. 어제는 주변에 대형 트럭이 유독 많았는데 오늘은 SUV나 RV 차량이 가득합니다. 내가 운전하는 도로의 위치와 하루 중 언제인지에 따라 내 앞과 뒤에서 달려나가는 자동차의 종류가 달라집니다.

잘 키울 사람들은 먼저 당신이 어떤 특성을 지녔는지 구분합니다. 전장과 전폭은 얼마나 되며, 전륜인지 후륜인지, 엔진은 가솔린인지 디젤인지, 배기량은 얼마인지, 2도어인지 4도어인지, 기어를 조작하는 방식은 매뉴얼인지 오토인지 등 기본 사항을 파악합니다. 가장 잘 달렸던 길은 어디인지, 브레이크는 튼튼한지, 오일은 깨끗한지 그리고 정비 기록은 우수한지. 지나온 시간이 남긴 흔적을 꼼꼼히 확인합니다.

당신이 경주용 자동차라면 낮은 차체에 커다란 바퀴를 지녔으며 순간 속도가 매우 빠를 것입니다. 이런 경우는 돌과 자갈이 많은 산길을 달리면 안 됩니다. 아름다운 모습이 망가지는 것은 물론이고, 낮은 차체로 인해 돌이 가득한 길을 가는 것부터가 고통스럽고 어려울 것이기 때문입니다.

잘 키울 사람이 두 번째로 확인하는 것은 당신이 지금까지 지내온 시간과 그 안에서 만들어낸 것들입니다. 형태를 갖춘 실물에서 그저 기억만으로 남은 경험까지 많은 것들이 당신에게 담겨 있습니다. 주행 거리와 블랙박스에 담긴 운행 영상 그리고 장기간에 걸친 내비게이션 기록은 당신이 얼마나 열심히 길을 달려왔는지를 무엇보다 잘 보여줍니다. 트렁크에 정리해둔 도구들도 확인합니다. 당신이 어떤 이유에서 그것들을 늘 가지고 다니는지, 얼마나 활용하는지도 체크합니다. 당신이 지금까지 어떤 길을 걸어왔으며 현재 어떤 상태인지를 파악하는 것입니다.

그렇게 현재를 바르게 인지하고 나서, 본격적인 여정을 시작하면 됩니다.

25

숫자, 숫자, 숫자

우리는 매일 숫자를 사용합니다. '0-9'의 형태인 이 아라비아숫자들의 기원에 대해서는 여러 가지 설이 있지만, 대략 4-5세기경 인도에서 만들어져서 상인들에 의해 아라비아에서 퍼져나갔다고 알려져 있습니다. 책의 장을 나눌 때 자주 사용하는 로마 숫자나 잉카인들이 사용했다는 모스 부호 같은 형태의 20진법 숫자도 있습니다. 그중 아라비아숫자는 지구에서 가장 많은 사람이 공통으로 사용하는 기호인 것 같습니다. 아마도 표기의 간편함 덕분이겠지요.

이제 현대인들의 삶은 더 이상 숫자 없이 설명되기 어렵습니다. 우리는 삶의 모든 측면에서 숫자로 된 것을 가지게 됩니다. 숫자는 흐릿한 상황을 명료하게 하고 모호한 부피와 크기를 비교 가능한 형태로 만들어줍니다. 그래서 잘 키울 사람은 당신을 숫자로 치환합니다. 당신이 가진 숫자를 확인하고 어떤 숫자를 바꿔나가야 할지 확인합니다. 당신이 가진 숫자는 나이와 키, 몸무게 등 생체 기록으로부터 시작하여 졸업장이나 자격증, 근무 기간 등 성장이나 성취에 대한 것, 그리고 금융 자산 등 경제적인 지표까지 다양합니다. 여기에 가장 중요한 것, 즉 당신이 잘되고 싶은 부문에 대한 능력치가 더해집니다.

만약 당신이 드라마 대본을 쓰는 분이라면 그때껏 집필한 작품들이 어떤 장르인지, 그중 실제로 제작되거나 방영된 작품이 있는지를 살핍니다. 현재 계약된 작품과 계약의 숫자 그리고 남은 기간을 계산합니다. 방영된 채널의 종류와 시청률, 시청자 댓글 수, 반응, 평점 그리고 제작사의 수익도 확인합니다. 지금까지 작업한 대본의 숫자와 각 회차가 완성되기까지 평균 작업 시간 등 즉시 객관화할 수 있는 자료를 살펴보고, 같이 작업했던 스태프의 만족도 등 다소 주관적인 내용까지 가능한 한 객관적인 숫자로 변환합니다.

잘 키울 사람이 사용하는 시간과 에너지 역시 유한합니다. 그렇기에 잘 키울 사람은 가장 효율이 좋은 선택을 하길 원합니다. 가장 적은 시간에 가장 큰 성공을 만들어내고자 합니다. 그러므로 잘 키울 사람은 당신이 가진 숫자를 가장 효율적으로 빠르게 성장시킬 수 있는 방법을 찾습니다. 당신이 원하는 방향으로 나아가기 위해서 당신을 가로막은 숫자들을 지우고 가장 적은 비용으로 가장 높은 효용을 얻을 수 있는 숫자를 찾아갑니다. 핵심적인 숫자를 바라보는 시선과 방향을 바로 잡습니다. 당신의 멈춘 숫자를 깨우고, 키워야 하는 숫자에 영양제를 투여합니다.

숫자는 거짓말을 하지 않습니다. 숫자는 명쾌하게 당신의 성취와 결핍을 보여줍니다. 당신의 숫자에 최선을 다하고,

두려움 없이 당신의 숫자와 마주하세요. 숫자는 그 누구보다 정확하게, 당신에게 필요한 칭찬과 조언을 들려줄 것입니다.

당신이 원하는 방향으로 나아가기 위해서

당신을 가로막은 숫자들을 지우고

가장 적은 비용으로 가장 높은 효용을

얻을 수 있는 숫자를 찾아갑니다.

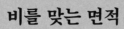

26

비를 맞는 면적

퀴즈 나갑니다.

방금 집에서 나왔는데 빗방울이 떨어집니다. 50미터 앞에 있는 편의점으로 가려고 할 때 가장 비를 적게 맞는 방법은 무엇일까요?

오늘처럼 아침부터 비가 올 때면 문득 생각하는 질문입니다. 이와 비슷한 질문으로 검색을 하면 상상하지도 못할 만큼 다양한 답변을 볼 수 있습니다. 비가 내리는 각도나 뛰어가는 방법 등의 조건을 수치화한 계산식이 등장합니다. 단지 비

사이를 달려 50미터 거리를 도착하는 것인데도 생각해야 할 것이 너무 많습니다. 여러가지 답변을 종합해서 내린 결론은 '몸이 비에 닿는 면적을 줄인다'입니다. 몸에 빗방울이 닿는 각도와 속도를 찾아 접촉 면적을 줄여야 비를 덜 맞을 수 있습니다.

당신에게도 비가 내립니다. 인생의 활짝 갠 날이 언제고 한결같이 지속되기를 바라지만 당신의 시간에는 조용한 이슬비부터 잠시 내리는 거센 소나기, 기나긴 장마와 장마 후 태풍까지 줄지어 기다리고 있습니다. 언제 얼마만큼의 비가 올지도 전혀 알 수 없습니다. 그러니 잘되고 싶은 당신은 위험과 접촉하는 면적을 줄여야 합니다. 최대한 비를 덜 맞을 방법을 찾아야 합니다.

잘 키울 사람은 당신이 모든 것을 해내도록 하지 않습니다. 최대한 많은 것을 하려고 하지 않습니다. 확실히 좋은 것, 반드시 필요한 것을 잘하도록 만듭니다. 확실히 필요한 바로 그것을 찾아내기 위해서 가장 먼저 해야만 하는 것은 '거절'입니다.

'다 하거나 다 하지 않거나'라는 'all or nothing'의 결정은 오히려 쉽습니다. '선택'을 하기로 결정하는 순간 많은 것을 고민하게 됩니다. 무엇을 선택해야 할지가 더 어렵기 때문입니다. 잘 키울 사람은 거절해야 할 것을 골라내고 당신을 대신해 거절하는 절차를 만듭니다. 정중하고 신중한 거절의 프로세스를 만듭니다.

이번에 거절한 기회가 당신의 다음 기회를 막지 않도록 제안자와의 신뢰를 구축합니다. 곤란한 제안을 슬기롭게 거절하는 일은 새로운 일을 하기로 결정하는 것 이상으로 어렵고 중요한 일입니다. 잘 키울 사람은 당신이 비를 맞을 면적을 줄입니다. 당신이 반드시 해야 하는 것에 집중할 수 있도록 합니다. 적절한 거절을 통해 당신을 더 가치 있게 만듭니다.

27

배틀과 진화

나와 함께 사는 초등학생은 유치원생 시절부터 〈포켓몬〉 게임을 무척 좋아했습니다. 처음에는 그저 이름을 부르며 좋아하던 아이가 이제는 500페이지쯤 되는 두 권짜리 캐릭터 도감을 몽땅 외웁니다. 상대 포켓몬의 타입에 따라 공략법이 다르다며 분류표를 노트에 빼곡히 그려냅니다. 포켓몬은 18개의 속성 중 한두 가지씩을 지니는데, 속성별로 상대하기 어려운 것과 쉬운 것이 나뉘므로 어떤 속성인지 구분해둬야 한다는 설명이 이어집니다. 그리고 자신이 가진 포켓몬의 특성으로 조금 더 쉽게 공격할 수 있도록 아이템을 모으고 사용합니다. 입이 절로 벌어집니다. 이 게임은 어떻게 전 세계의 아이들과 어른들을 이토록 푹 빠지게 만들었을까요?

내가 생각한 답은 '진화'입니다.

〈포켓몬〉이라는 게임은 캐릭터가 정말 많은데 각각의 구체적인 생김새와 특징이 놀라울 만큼 겹치지 않습니다. 생김새가 진짜 생물의 특징을 만화적으로 표현한 듯하여 생물도감과 비교해보았습니다. 포켓몬의 캐릭터 중에는 순전히 가상으로 만들어낸 환상적 캐릭터도 있지만, 실제로 존재하는 생물의 진화와 탈피 과정을 참고해 그것에 아이들이 기억하기 쉬운 특징을 부각시켜 만들어낸 경우도 꽤 많았습니다. 포켓몬은 진화하면서 이름이 바뀝니다. 이상해씨가 진화해 이상해풀이 되고, 이상해풀이 진화해 이상해꽃이 됩니다. 재미있는 이름이 많은 것이지요.

내가 어떤 존재를 성장시키는 놀라운 능력자가 되는 기쁨, 누군가의 '진화'를 지켜보는 경이로움을 온전히 느낄 수 있다는 점이 많은 사람이 이 게임에 빠지게 되는 핵심 요소라고 생각합니다.

당신도 이런 경이로움의 대상입니다. 잘 키울 사람은 현실판 〈포켓몬〉 게임을 매일 하는 셈입니다. 순식간에 꽃이 피어나듯 성장하는 이를 직관하는 기쁨은 세상 무엇으로도 바꿀 수 없습니다. 게임 속 캐릭터들은 성장을 위해서 '배틀'을 합니다. 이기고 지면서 경험치를 쌓아 자신이 얻은 포인트가 쌓이면 다음 단계로 '진화'합니다. 이처럼 '진화'를 꿈꾸는 우리는 부지런히 '배틀'을 통해 포인트를 얻어야 합니다. '배틀'이 없이 '진화'는 없습니다.

잘 키울 사람은 당신이 언제 어디서 배틀을 해야 할지를 검토합니다. 멋지게 진화하고자 하는 당신이 얼마만큼의 결과물을 내야 하는지, 다른 경쟁자들은 지금 어떤 결과를 내고 있는지를 알려줍니다. 당신이 지금 무엇을 포기하고 무엇을 해내야 하는지를 점검합니다.

적절한 순간에 다음 단계로 진화하는 기쁨을 알게 되면 삶이 훨씬 더 즐거워집니다. 팔다리가 길어지고 키가 커져서 어느새 엄마의 얼굴을 마주 볼 수 있었던 어린 시절에 당신은 얼마나 뿌듯했던가요? 이제 더 강력한 자부심이 진화한 당신에게 도착할 것입니다. 온 세상에 내가 할 수 있는 일이 가득하다는 기쁨을 느낄 것입니다. 해낼 수 있다는 자신감은 당신을 더욱 매력적으로 만들어줄 것입니다. 그 누구도 아닌 당신 자신이 되어가는 것을 체감할 수 있을 것입니다.

잘 키울 사람은 현실판

〈포켓몬〉 게임을 매일 하는 셈입니다

순식간에 꽃이 피어나듯

성장하는 이를 직관하는 기쁨은

세상 무엇으로도 바꿀 수 없습니다.

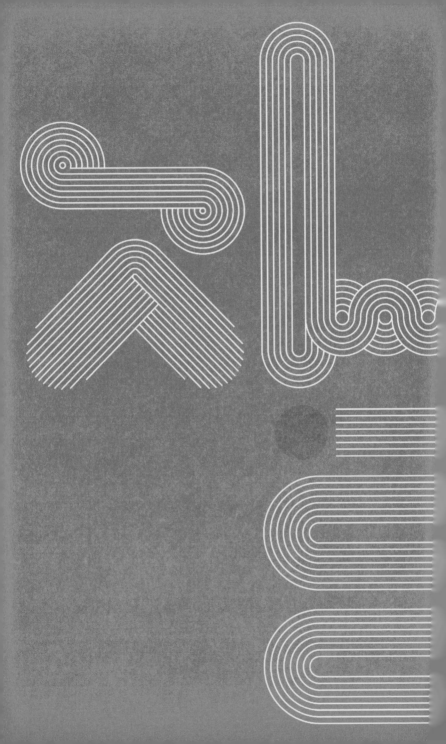

5부

당신이면 된다

28

_____

서로가 서로의 팬이 되는

그저 커피를 주문했을 뿐인데, 멋진 스티커 꾸러미와 화려한 종이컵을 받았습니다. 갑자기 선물이라니 어리둥절. 오늘 방문한 커피숍이 어쩐지 전과 달리 에너지가 넘친다고 생각하며 자리를 잡았습니다. 과연 무슨 일인 걸까 주변을 두리번거리고 있는데 은빛으로 반짝이는 풍선과 함께 벽을 장식하고 있는 화려한 글씨가 그제야 눈에 들어왔습니다. 모 아이돌 그룹이 데뷔한 기념일을 축하하는 내용이었지요.

본격적으로 내부를 하나하나 뜯어 보자니 인물 사진 여러 장이 그동안 비어 있던 하얀 벽을 빼곡히 채우고 있습니다.

마침 내가 차지하고 앉은 자리 뒤편으로는 13명에 달하는 인물들이 함께 웃으며 찍은 사진이 가로 3미터가 넘는 크기로 붙어 있었습니다. 나도 모르게 모 아이돌의 7주년 축하 파티 현장에 들어와 있었던 겁니다.

누군가를 사랑하는 마음을 나눌 사람이 이렇게나 많다는 것은 정말이지 특별하고도 신나는 일입니다. 보통의 연애를 생각해봅니다. 내가 정말 사랑하는 대상을 다른 사람도 나와 똑같은 수준으로 알고, 만나고 있는데, 그 사람이 심지어 여러 명인 상황. 내가 그들과 함께 사랑하는 사람에 대해 눈을 빛내며 이야기를 나누는 상황. 이런 일을 상상할 수 있을까요?

그런데 이곳에는 같은 상대를 사랑하며 서로의 만남도 즐거운 사람들이 가득합니다. 정말 기적 같은 현장이 아닐 수 없습니다. 좋아하는 상대가 누구이든 혹은 무엇이든, 팬이 된다는 것은 이렇게 상상할 수 없이 커다란 사랑을 경험하는 일입니다. 세상을 향한 당신의 넓은 마음과 기쁨을 표현하는 일입니다.

누군가의 마음을 사로잡는 일, 그리고 누군가에게 도움이 되는 일을 우리는 서로에게 매일 하고 있습니다. 가정에서, 직장에서, 도로에서, 놀이동산에서, 쇼핑몰에서 우리는 그런 존재들에게 둘러싸여 있습니다. 당신을 떠올리면 웃음이 나고, 매일 보고 싶으며, 당신의 글을 읽고 행복해하고, 당신의 목소리에 하루의 피곤이 풀리는 사람과 함께 하고 있습니다.

사랑하는 아이돌이 나를 향해 손을 흔들어줄 때, 눈과 눈이 마주칠 때 느끼는 까마득한 행복감을 당신도 당신의 팬들에게 줄 수 있습니다. 엄마에게 조용히 미소 짓고, 직장 동료에게 커피를 가져다주고, 버스 기사님께 수고하십니다 한마디를 전할 수 있습니다. 그렇게 우린 서로의 팬이 되고 팬들의 사랑을 경험하며 하루하루 살아갈 수 있습니다.

29

나 같은 게
뭘 할 수 있겠어

아버지는 항상 무거운 가방을 들고 다니셨습니다. 소위 말하는 '007 가방'인데 사각형으로 각이 져 있고 번호 키를 맞추어야 열 수 있는 근사한 가방이었습니다. 엄청 무거워서 대체 매일 저걸 어떻게 들고 다니시나 항상 궁금하곤 했습니다. 가방은 마치 아버지와 한 몸이 된 것처럼 보였지요. 아버지를 생각하면 가방이 아버지보다 먼저 눈앞에 둥실 떠오르곤 합니다.

아버지가 집에서 가방을 여실 때는 드물었는데, 그럴 때면 나는 그 속에 들어 있는 것들이 궁금해서 근처를 서성였습니다. 주로 서류들이 빼곡했지만, 남자 정장을 제작하고 유통하는 아버지의 직장 특성상 원단 샘플이 있기도 하고 단추나 그림이 그려진 스케치가 있기도 해서 매번 보물 상자처럼 흥미로웠습니다. 어느 날에는 가방에서 나온 서류에 사진이 붙어 있었습니다. 컬러 프린트라는 것이 없던 시절이라 수기로 쓴 혹은 타자기로 작성한 서류에 사진을 붙인, 이력서였습니다.

눈을 동그랗게 뜨고 조심스레 서류를 뒤적이며 사진을 보는 모습에 아버지는 이렇게 말했습니다. 네가 한번 뽑아볼래? 단, 그 사람을 왜 선택했는지 이유를 반드시 설명해야 해.

나는 인사권자인 아버지 앞에서 내가 골라낸 사람이 되어 회사가 나를 뽑아야 하는 이유를 설득했습니다. 그 경험은 내가 누군가의 앞에서 나를 선택해야 함을 설명해야 할 때가 왔을 때, 스스럼없이 그들에게 조목조목 나를 어필할 수 있는 힘을 키워주었던 것 같습니다.

오늘도 새로운 동료를 만나기 위해 이력서를 검토하고 자기소개서를 꼼꼼히 읽습니다. 새로운 분과 함께 일하기로 결정하는 것은 언제나 설레고 또한 두려운 일입니다. 단 몇 분의 시간 동안 내가 상대방을 얼마나 잘 알아볼 수 있을지 그리고 상대가 보여줄 앞으로의 태도가 회사가 기대하는 것에 얼마나 부합할지 고민합니다.

자기소개서가 자세하고 준비를 잘해준 분일수록 내가 질문해야 할 내용도 자세도 달라집니다. 회사에 성의를 다하는 분을 위해 나 또한 성의를 다해 첫 만남을 준비합니다. 준비를 잘했다는 것은 상대가 무엇을 원하는지 생각하고, 상대가 원하는 바를 해내기 위해 자신이 무엇을 할 수 있는지를 알고 있다는 뜻입니다. 자신을 믿고 자신이 할 수 있는 것들에 대해 자랑스럽다는 뜻이기도 합니다.

간혹 저는 아주 보잘것없지만, 혹은 제가 지금 무엇을 할 수 있겠어요, 하는 말씀을 듣게 됩니다. 내가 가장 싫어하는 문장입니다. 당신은 자신을 무조건 많이 사랑해줘야 합니다. 면접을 위해 누군가의 앞에 앉았을 때나 또는 누군가에게 자기를 어필해야 하는 상황이라면 위와 같은 표현은 더더욱 도움이 되지 않습니다. 심리적으로도 스스로를 위축시킵니다. 기회를 얻으려는 자리는 누가 더 겸손한가를 알기 위한 자리가 아닙니다. 그곳은 자신이 어떤 능력과 자질을 갖고 있는지, 어떤 목표를 가지고 있는지 차분히 설명하는 자리입니다.

누구나 선택을 하는 입장이 되기도 하고 또 선택을 받아야 하는 입장에 놓이기도 합니다. 예외가 없습니다. 그러나 우리는 그 상황에 놓이기 전에 워밍업을 할 수 있습니다. 당신이 선택이 느린 편이라면 편의점이나 분식집에서 음식을 고르면서 선택하는 연습을 해봅니다. 입사를 위해 면접을 보게 된다면 친구들과 가상 면접을 해볼 수 있습니다. 마음이 편한 상대와 함께 미래에 닥칠 일을 가볍게 실행해보면 생각보다 많은 것을 얻게 됩니다. 어떻게 할 때 긴장이 풀어지고 할 말을 준비한 만큼 전달할 수 있었는지 기억해두면 더 좋겠습니다.

두렵지만 해결해야 할 일들에 익숙해지려고 애쓰기. 내가 잘될 것임을 진심으로 믿어주기. 그리고, 믿는 것이 실제가 되도록 지금 해야 하는 것을 실행하기. 그렇게 탄탄히 쌓아 올린 시간이 당신을 이끌어줄 것입니다.

당신이 결국 잘될 그곳으로 말입니다.

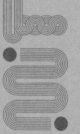

30

책의 성城

아침마다 약통 앞에 섭니다. 세상에 나온 시간만큼 몸에 쌓인 것들을 빼내기 위해서, 그만큼 부족해진 것들을 더하기 위해서 다양한 알파벳이 쓰인 약통의 뚜껑을 여닫습니다. 건강 검진으로 생각지도 못한 진단을 받아 챙겨 먹어야 하는 약물이 생기면 신경이 곤두서기 마련입니다. 게다가 오늘처럼 이상하게 어지러운 날에는 온라인에서 증상에 대한 건강 정보를 찾아 읽으며 병원을 알아봅니다. 그러다 유튜브 영상 속 전문가분들이 추천한 영양제까지 검색해보게 됩니다.

인생에도 정기 검진이 있으면 좋겠습니다. 어느 지점에

서 잘했고 지금은 무엇을 해야 하며 언제쯤 무엇을 조심해야 하는지 알려주는 곳이 있으면 얼마나 좋을까요? 이런 생각이 들 때면 달려가는 곳이 있습니다. 바로 내 방 책장입니다.

책장이 있는 방이라고 하면 아주 잘 정리된, 깔끔하고 멋진 서재를 생각하시겠지만 나의 경우는 잦은 이사로 인해 깔끔한 정리를 포기했습니다. 이름을 붙인다면 책이 쌓인 더미들이라고 부르는 것이 더 적당합니다. 무질서하게 아무렇게나 쌓아진 듯 보이지만 신비한 질서가 있어서 나는 지금 필요한 책이 어디쯤에 어느 칸 무슨 책 뒤에 있는지 찾아낼 수 있습니다. 나는 이곳을 북 캐슬 Book Castle, 즉 책의 성이라 부릅니다.

내가 책의 성 안에 잠겨 있으면 가족 중 누구도 쉽게 불러내지 않습니다. 저 사람이 무엇인지 모를 다른 차원으로 들어가 있다는 것을 이제는 이해해줍니다. 책에 흠뻑 빠져 페이지를 뒤적이는 순간에는 천 년 혹은 몇 백 년의 시간을 뛰어넘고, 전 세계 어디든 상관없이 공간을 가로질러 그 책을 쓴 선배들과 대화를 나눌 수 있습니다. 심지어 질문하고 답을 다그칠 수도 있습니다. 그들의 생각을 글로 읽을 수 있습니다. 내가 묻지 않은 다른 고민을 먼저 이야기해주기도 합니다. 책으로 만든 대나무 숲이자 지혜의 샘입니다.

책들의 성은 견고합니다. 쌓는 시간은 조금 걸리는 편이지만 일단 쌓으면 함부로 무너지지 않습니다. 만드는 방법은 매우 간단합니다. 당신의 마음에 들어왔던 책들을 그저 당신의 마음이 시키는 대로 분류해서 편한 공간에 쌓아두면 됩니다. 마음에 들어왔던 책들은 그들이 필요한 순간이 오면 갑자기 표지의 이미지부터 훅 떠오릅니다. '아 거기 그런 얘기가 있었는데' 하면서요. 그 소설의 주인공이 했던 말, 그 이야기에 나온 것과 똑같은 상황, 그 페이지에 내가 쳤던 밑줄과 별표. 그런 자국이 나를 고스란히 그 시간으로 데려갑니다.

책은 쌓기에 딱 적당합니다. 책등이 나를 향하게 쌓으면 제목과 저자가 한눈에 보입니다. 인상적인 아이들에겐 제목의 위와 아래에 기호를 표기하거나, 페이지에 접착 메모지로 알록달록한 옷을 입히기도 합니다. 나만의 표시가 된 책들은 어쩐지 더 사랑스러워집니다. 반려동물의 옷을 갈아입히는 것과 비슷합니다. 그런 책들이 하나둘 모이면 이제 당신이 언제고 달려가도 좋을, 당신을 가장 잘 아는 상담소가 만들어진 셈입니다.

다 읽을 필요는 없습니다. 언젠가 읽을 것 같아서 모아두는 책들도 많습니다. 눈에 보일 때 곁에 두어야 합니다. 그때가 아니면 만나지 못하는 책들도 많기 때문입니다. 무심히 모아둔 책의 제목들이 어느 날 하나의 방향을 가리킨다면, 당신은 그 분야에 생각보다 관심이 많다는 뜻입니다. 책에 둘러싸인 공간이 당신에게 주는 힘은 생각보다 강합니다. 공간 속 활자들은 당신의 마음과 정신을 당신이 원하는 방향으로 이끌어줍니다. 물리적인 단단한 실체가 당신의 눈과 정신과 영혼으로 스며들어 당신의 자신감을 올려주고 모호했던 관심을 보다 명확한 단어로 설명하게 해줍니다. 그리고 때가 오면 책은 글자들 사이에 담긴 이야기를 전해줍니다.

오로지.

당신을.

위해서.

31

지금, 바로, 그냥

메신저 프로필을 바꾸지 않습니다. 이제는 전 국민이 사용하고 있는 그 메신저가 막 보급되던 시기부터 나의 프로필에는 동일한 배경 이미지가 올라가 있습니다.

나의 금기어들.
'언젠가' '아마도' 그리고 '만약에'.

이 문장을 발견한 곳이 책인지 노트인지는 지금은 기억나지 않지만, 굳이 배경으로 설정한 이유는 명확하게 기억합니다. 이 단어들을 피하면서 인생을 살겠다는 다짐. 그것이었습니다. 그리고 전부는 아니지만 주저되는 순간마다, 용기를 내어야 했던 시기마다 이 화면은 저의 등을 앞으로 밀어주었습니다.

잘되는 사람은 명확한 사실들에 주목합니다. 그 사람들에게도 아름답고 좋은 일들만 일어나는 게 아닙니다. 그들도 우리와 같은 정보를 접하고 아침마다 비슷한 상황을 맞습니다. 다만 그들은 그 상황들 속에서 당장 결정해야 하는 일들을 골라내고, 두렵지만 용기를 내서 바라봅니다. 그리고 즉시 스스로 해야 할 일을 행합니다.

'만약 내가 그때 그랬다면 지금 내가 이렇지 않을 거야.'
'아마도 난 하지 못했을 거야.'
'언젠가 그런 일이 나에게 생긴다면 그렇게 할게.'

당신이 매일 무의식 중에 사용하는 문장에 이런 내용이 얼마나 담겨 있을까요? 우리는 우리의 행동이 의식에 의해서 결정되었다고 믿지만, 한편으로는 내 마음속에 웅크린 무의식에 의해 더 많이 영향을 받습니다. 나에게 주는 메시지가 더욱 중요한 이유입니다.

지금 닥친 상황을 인정하기 싫을 때, 당장 해결해야 할 일이 겁날 때, 앞으로 풀어가야 할 문제를 피해 가고 싶을 때 우리는 다양한 마법의 단어를 사용합니다. 스스로를 안전한 곳에 데려다주는 위안의 문장을 망토처럼 두릅니다. 괜찮아, 다들 그래. 지금이 아니어도 돼. 저것이 없어도 사실 상관없어. 나는 원래 이래. 코로나 때문에 어쩔 수 없었어. 나중에 잘할 수 있어. 이렇게 말입니다.

당신에게 지금 가장 중요하다고 생각하는 문장이나 단어를 골라두고 그 내용을 잠들기 전이나 아침에 한 번씩 눈으로 보는 시간을 가지면 좋겠습니다. 30분도 3분도 걸리지 않습니다. 3초 정도 집중하려는 마음이면 충분합니다. 냉장고나 현관문처럼 어떻게 해도 피할 수 없는 자리에 붙여두는 방법도 추천합니다.

만일 붙여둘 단어를 고르지 못했다면, 이 단어는 어떨까요?

지금, 바로, 그냥.

당신에게 지금 가장 중요하다고 생각하는

문장이나 단어를 골라두고

그 내용을 잠들기 전이나

아침에 한 번씩 눈으로 보는 시간을

가지면 좋겠습니다.

지금, 바로, 그냥

32

결국 잘될 사람,
당신에게

거의 매일 간선 도로를 운전합니다. 도로는 매일 만나는 친구 같은 존재입니다. 눈 감고도 갈 수 있는 곳으로 출발할 때에는 마음이 솜사탕처럼 가볍지만 한 번도 가보지 못한 낯선 곳으로 처음 출발할 때는 언제나 긴장하게 됩니다. 그럴 때면 시간대별로 가는 길을 검색하고 소요되는 시간을 예측합니다. 도착해서 주차할 곳이 있는지 미리 알아보고, 주차 공간이 여의치 않을 경우를 대비해 도착해야 할 장소의 모습을 로드뷰로 미리 보아둡니다. 그렇게 준비해도 결국 나는 낯선 도로를 처음으로 운전하게 됩니다. 처음 보는 풍경과 마주하게 됩니다.

대비하는 것과 그것을 직접 경험하는 것은 전혀 다른 일입니다. 공부하는 것과 일하는 것이 그러합니다. 어떤 일을 잘해내기 위해 우리는 그 기본이 되는 공부를 학창 시절 내내 합니다. 책상과 씨름하고 반복되는 시험을 치릅니다. 그렇게 세상으로 나온 우리에게 세상은 또 전혀 다른 것을 묻고 평가합니다. 학교에서는 배운 적도, 중요하다고 들은 적도 없는 것들입니다. 간혹 면접에서 학교가 실무를 가르쳐주면 좋겠다는 말씀을 듣기도 합니다.

그런데 학교는 이미 가르쳐주고 있습니다.

지혜란 처음 접하는 것을 대하는 태도입니다. 학교는 우리에게 지혜를 만나는 방법을 가르쳐줍니다. 처음 지식을 접할 때 어떻게 연습해야 하는지 얼마나 시간을 들여야 하는지를 알려줍니다. 배운 지식을 익숙하게 사용하는 데에 나는 얼마나 시간이 걸리는 사람인지, 그것을 응용하여 문제를 풀려면 어떤 과정을 겪어야 하는지를 일깨워줍니다.

평생 활용하지도 않을 다양한 과목을 한꺼번에 접하다 보면, 세상에 많은 사람이 존재하고 이들이 다양한 분야에 종사하며 살고 있음을 알게 됩니다. 인류가 이런 과정을 수천 년 전부터 겪어왔음을 알게 됩니다. 지금 배우는 수학이 저렇게나 많은 수학자들이 연구한 결과이며, 매일 사용하는 스마트폰이 이렇게나 많은 과학자들의 땀방울이 이루어낸 결과라는 것을 알게 됩니다.

초등학교부터 고등학교까지 12년이 넘는 시간 동안 우리는 스스로 문제를 해결해나가는 과정과 방법을 배웁니다. 처음 운전대를 잡고 도로에 섰을 때, 한 번도 가보지 않은 길을 가야 할 때를 위해 주행을 연습하는 것과 같습니다. 운전 연습을 위해 세상의 모든 도로를 교육자가 훈련자와 함께 가볼 수는 없습니다. 결국 핸들을 잡는 것은 당신입니다. 당신 혼자 해내야 합니다.

내가 왜 이런 글을 쓰기로 마음먹었는지 마지막 장에 와

서야 깨닫게 되었습니다. 당신처럼 도로에 처음으로 혼자 섰을 때 느꼈던 막막한 두려움과 소름 끼치는 긴장을 작게 조각내고 싶었습니다. 거대한 바위가 당신의 머리 위를 덮쳐올 때, 당신과 함께 그 바위를 조각내고 부수어 우리가 밟을 수 있는 조약돌과 모래가 되는 모습을 지켜보고 싶습니다. 그리고 이 모든 것은 당신이 결심하고 손을 내밀어야 가능합니다.

당신은 이제 잘될 준비를 시작했습니다.

이 마지막 장까지 다다르면서 혹시 당신의 마음을 두드린 문장이 하나라도 있다면 그곳으로 돌아갑니다. 그리고 당신이 마음에 드는 대목에 마구 흔적을 남겨보면 좋겠습니다. 책은 연습장입니다. 모셔두고 읽기만 하는 책이 아니라 연습하고 사용하는 도구입니다.

당신의 마음과 눈과 손이 닿는 곳에 당신을 찾는 존재가, 당신과 함께 잘되려고 애쓰는 사람들이 있습니다. 당신이 스스로 밝히는 불빛을 따라 나는 오늘도 처음 가는 도로에 기꺼

이 접어들 것입니다. 그곳이 어디든 당신을 찾아내러 갈 것입니다. 당신이 지금 하는 그 모든 노력이 밝은 햇살이 되어 당신이 있는 곳으로 가는 내비게이션이 되어줄 것입니다.

당신은 결국 잘될 사람이니까요.

마치는 글

"잘되어야 하는 이유는
계속하기 위해서이다."

더 잘할 수는 없었나, 더 잘했어야 했는데, 왜 나는 이럴까, 이것도 못 하다니…….

20대에 처음 사회생활을 시작하며 내가 가장 많이 했던 생각들입니다. 이러한 생각을 조금이라도 덜하기 위해서 오랜 시간 실천해온 작은 행동과 습관들을 적어 내려가다 보니 한 권의 책이 되었습니다.

사실 지금 당신이 힘든 것이 오로지 당신 때문은 아닙니다. 적어도 그 짐의 절반쯤은 외부적인 상황에서 비롯된 것입니다. 팬데믹, 경제 불황, 이자 급등, 심지어 인플레이션이나 전쟁이 동시에 일어나고 있으니까요. 문제는, 그럼에도 불구하고 그러한 영향을 고스란히 받는 사람은 당신과 나이며 이 상황을 헤쳐 나가야 하는 것도 나와 당신이라는 점입니다. 하루하루를 쌓아 계속 살아내야 하기에 우리는 오늘보다 내일로 나아가야 합니다. 한 걸음씩 잘되야 합니다.

나는 당신과 내가 함께여야 한다고 믿습니다. 잘될 사람과 잘 키울 사람이 손을 잡고 나아가면 내가 하지 못하는 일을 당신이 해내고, 당신이 듣지 못한 것은 내가 들을 수 있습니다. 나를 키우는 사람은 당신이며, 당신은 나를 통해 성장하게 될 것입니다. 그것이 지금까지 지내온 시간이 알려준 지혜이며 이제 그 지혜를 당신들과 함께 나누고 싶습니다.

마치는 글

나는 당신과 내가

함께여야 한다고 믿습니다.

나를 키우는 사람은 당신이며,

당신은 나를 통해

성장하게 될 것입니다.

더 많은 당신을
만나고 싶습니다.

Special Thanks to

어제보다 아주 조금씩 나아지는 오늘을 살다 보면, 결국 내가 가고자 했던 그곳에 마침내 다다른다는 믿음. 그 믿음을 현실로 만드신 부모님이 계셨기에 이 글을 끝까지 마칠 수 있었습니다.

이 글의 많은 부분 모델이 되어주신 분들을 소개합니다. 사회생활의 첫걸음을 가르쳐주신 삼성전자 국내 영업본부 선배님들과 동료분들, 든든한 파트너 주방옥 대표님과 매일 함께 숨쉬는 블러썸엔터테인먼트그룹 전·현직 임직원, 소속 배우, 소속 작가님들, 창작자를 위한 글로벌 시스템을 함께 논의해주시는 봉준호 감독님, 태생부터 덕후이신 연상호 감독님, 열정의

상징 송은이 대표님 그리고 문장 속 인물로 참여해주신 KBS 신지혜 기자님께 감사드립니다. 마지막으로 오랜 시간 어려움을 함께 나누어주신 나영석 PD님과 차태현 배우님, 정소민 배우님의 힘찬 응원이 있어 이 글을 용기내어 당신께 전할 수 있었습니다.

잘될 사람,
잘 키울 사람

ⓒ 지대표

초판 1쇄 인쇄	2022년 11월 4일
초판 1쇄 발행	2022년 11월 15일

지은이	지대표
펴낸이	지영주
편 집	장서원
표지 디자인	육일구디자인
본문 디자인	*Desig* 신정난
마케팅	김채린 한주희
경영지원	김은선

펴낸곳	럭키북스
출판등록	2022년 6월 14일 제 395-2022-000091호
주소	경기도 고양시 덕양구 덕은1로 5 2층
전화	070-7770-8838
팩스	02-3158-5321
홈페이지	www.giantbooks.co.kr
전자우편	books@giantbooks.co.kr
인스타그램	https://www.instagram.com/giantbooks_official

ISBN	979-11-980190-0-4 (03810)